Les Bleus étaient verts

Du même auteur

Aux Éditions Héloïse d'Ormesson

Pleurer des rivières, 2018.

Alain Jaspard
Les Bleus étaient verts

Éditions Héloïse d'Ormesson

Roman

L'auteur tient à remercier
ses amis Boualem Sansal et Abderrahim Yamou
pour leur aide précieuse
dans la traduction des passages en arabe.

ISBN 978-2-35087-743-3

Éditions Héloïse d'Ormesson
92 avenue de France, 75013 Paris
www.editions-heloisedormesson.com

À la mémoire de Joseph Boyaval, mineur,
tué en mars 1975 dans un coup de grisou
à la fosse 12 de Lens.

Le *Ville d'Oran*
Juillet 1961

À VINGT ANS, Max n'avait jamais mis les pieds sur un bateau, ni même approché et touché la coque froide et vibrante d'un cargo larguant les amarres pour la Tasmanie ou les îles Vierges. À vingt ans, il savait à peine nager. À vingt ans, il ne connaissait de la mer que ses séjours à La Napoule, au centre de colonie de vacances du comité d'entreprise des Charbonnages de France, où il avait perdu son pucelage à quinze ans – grâce soit rendue à la générosité d'une cantinière de la salle à manger des ados, une fille du Pas-de-Calais aux mains rouges et au cœur tendre, sur la plage au clair de lune, dans de laborieuses contorsions entre bâtons d'esquimaux et mégots de Gauloises bleues, « ça me gratte, j'ai du sable plein ma culotte » –, exploit qu'il ne parviendra à renouveler que trois ans plus tard malgré son assiduité, en cause une coriace acné juvénile. À vingt ans, il ne savait pas grand-chose.

À vingt ans, on l'envoya sous les drapeaux.

Après avoir pendant quatre mois appris l'essentiel de ce qu'il faut savoir pour faire un bon soldat – marcher au pas, présenter les armes, saluer un supérieur, c'est-à-dire tout le monde, faire son lit au carré, boire l'infâme picrate, fumer les Troupe qui vous arrachaient la gueule, bagoter dans la cour de la caserne, se faire agonir d'injures par un adjudant en fin de carrière, tirer avec le MAS 36, un fusil qui avait participé avec brio à la débâcle de 1940, ou avec le Garand américain du débarquement de juin 1944, une arme qui vous démontait l'épaule chaque fois qu'on en pressait la détente –, après avoir compris les subtilités de l'art du camouflage, principalement pour échapper aux corvées, il fut envoyé à la guerre. Et, pour être précis, à Cherchell, à cent kilomètres à l'ouest d'Alger. L'idée de faire la guerre ne l'enthousiasmait pas outre mesure, mais même la guerre ne pouvait être pire que l'incommensurable ennui qu'il aurait traîné pendant deux ans dans une sinistre caserne d'un bourg au nom imprononçable en Allemagne occupée. Il pensait qu'au moins, en Algérie, il y aurait le soleil, la lumière, la mer.

Et qu'il allait monter sur un paquebot.

On lui donna un ordre de mission, un paquetage et un billet de chemin de fer pour Marseille-Saint-Charles, où il débarqua début juillet 1961, sous un magnifique ciel d'où les nuages avaient disparu, chassés par le mistral. Une noria de camions GMC, ayant eux aussi connu le débarquement de juin 1944, transportait la troupe jusqu'à La Joliette. Il déclina l'invitation de ses potes de train qui avaient bien l'intention, quitte à se faire trouer la peau à la guerre, de ne pas mourir puceau, de savoir à quoi ça ressemble une femme, ses chairs, son odeur, ses nichons, ses baisers. Ils s'en allaient en bandes rigolardes, bruyantes, « la quille, bordel ! », perdre leur pucelage et leurs économies en longues files chez les filles de la rue Thubaneau qui remontent leur robe, ôtent une culotte usée jusqu'à la corde, gardent leurs chaussures, écartent les cuisses sur une courtepointe à fleurs défraîchies, mâchent leur chewing-gum pendant que sur leur ventre s'escrime le soldat, moins de sept minutes rinçage de bite compris, en prime parfois quelques parasites, une chaude-pisse, mais ça, depuis la nuit des temps, c'est une guerre que l'armée connaît et sait très bien gagner – quoique non sans douleur. Avec ce qu'il leur reste, s'il leur en reste, ils écument les bars, boivent, boivent et reboivent, du pastis, de la bière, du calva, ils descendent les rues vers la mer, chantent, chahutent les filles, sans espoir, le prestige de l'uniforme s'est fait la paire depuis belle lurette. Les Marseillais, peuple tolérant, ne s'en formalisent pas, font preuve de compassion pour cette jeunesse qui part au combat, dans ces odeurs d'alcool, de transpiration, de pieds sales.

Le port de Marseille hurle de toutes ses ferrailles, ses diesels, ses sirènes, ses oiseaux marins, ses chaînes, ses couinements, ses grincements. Des camions et des chariots s'agitent, des grues chargent des conteneurs, des jeeps, du matériel militaire kaki dans la soute d'un cargo. Max repère les noms des compagnies sur les portes de bureaux vitrés : la Compagnie générale transatlantique, la Compagnie Paquet, les Chargeurs réunis, Fraissinet et Cyprien Fabre, les Messageries maritimes, rien que du rêve. Au quai, sont amarrés le *Lyautey*, le *Charles Plumier*, le *Ville de Tunis*, le *Sidi Bel Abbès*, le SS *Pasteur*, celui-là même qui le ramènera quatorze mois plus tard et qui sombrera vingt ans après dans l'océan Indien alors qu'il se rendait en Inde pour son ultime voyage, un si beau navire ne pouvait pas sombrer dans une mer de seconde catégorie ! Des gardes mobiles casqués surveillent les entrées et sorties du port, fusil en bandoulière, adossés à des murs de sacs de sable.

Des soldats sans armes, parqués comme des moutons, attendent qu'on les fasse embarquer, affalés sur les pavés, à demi couchés sur leur paquetage. Ils transpirent, pissent, fument, rotent, se grattent les dessous de bras, l'entrecuisse, les couilles, la chasse aux morpions est ouverte, cadeau de bienvenue des putains de la rue Thubaneau.

Après de longues heures, un brigadier tringlot les mena à l'autre bout du port où ils découvrirent leur bateau, le *Ville d'Oran*, élégant navire de plus de cent trente mètres, mille huit cents tonneaux, bas sur l'eau, une dizaine de mètres – comme l'étaient alors les paquebots qui sont aujourd'hui des monstres trapus culminant à plus de quarante mètres –, avec son unique rangée de hublots, sa haute cheminée rouge et noire qui crachait une fumée empestant le diesel, navire de toutes les campagnes, le débarquement en Sicile en 1943, l'Indochine, l'évacuation des Français de Tunisie en 1957 et dorénavant liaison vers l'Algérie et transport de troupe. Par la passerelle de poupe montaient les premières classes, des gens importants, officiers, hauts-fonctionnaires, colons arborant de larges sourires fichés de gros cigares, politiciens qui se font discrets en cette année d'incertitudes, femmes vêtues de robes claires, épouses d'officiers supérieurs ou de colons. En seconde classe s'installaient les sous-officiers, les petits fonctionnaires, instituteurs, postiers, pieds-noirs de Bâb-el-Oued, quelques notables arabes en gandoura. La troupe embarquait par la passerelle de proue, descendait des escaliers de fer qui la menaient dans les profondeurs du navire, à grand tapage de godillots, de « La quille, bordel ! », de « Vive le deuxième RIMa ! », de chants patriotiques comme « *De Nantes à Montaigu, la digue, la digue… la digue du cul* » ou encore « *Lève la cuisse, cuisse, cuisse, voilà qu'ça glisse !* ».

La cale est une immense salle où tout est acier : le sol, les murs, le plafond, très haut, les portes. Des cordes sont tendues le long des bordés afin de servir de rampes pour faciliter les déplacements en cas de forte mer. Des lampes poussiéreuses grillagées, boulonnées sur les membrures, donnent une lumière chiche, blafarde, des matelas crasseux s'entassent dans le fond, quelques marches de fer mènent à des latrines, cloaque puant les excréments et le grésil, verrous brisés, pourvues d'un lavabo, de fer lui aussi, dont les robinets sont cassés depuis si longtemps qu'il ne sert plus que de cendrier. En guise de papier hygiénique, un tas de vieux journaux, déjà imbibés de pisse, posés à même le sol. Un guichet pour l'heure fermé jouxte une porte : « Cuisine, entrée interdite ». Une autre porte : « Escalier de secours, montée interdite ». Interdites ou non, elles sont fermées à clé. Il règne un vacarme étourdissant réverbéré par les murailles de métal. Il y a là plusieurs centaines d'hommes qui hurlent, s'interpellent, déroulent les matelas, s'installent pour la nuit. Des permissionnaires hâbleurs, menteurs, le verbe haut, terrorisent la timide bleusaille en lui contant des tartarinades de guerre. Seul confort, il ne fait pas trop chaud, les panneaux de pont sont grands ouverts et laissent passer un fort et frais mistral.

Voilà, pense Max, comment la nation fait voyager en cale ceux qui, chasseurs, paras, légionnaires, spahis, tringlots, artilleurs, marins, Chtimis, Bretons, Parigots, Savoyards, vont risquer leur peau pour celle des premières classes.

À dix-sept heures, le guichet « Cuisine » s'ouvre. Une longue file, la gamelle dans une main, la gourde dans l'autre, s'étire. Ils ont vingt ans, n'ont rien dans le ventre depuis le matin, ils crèvent de faim. Des cantiniers rapides et gouailleurs les servent à la louche, au menu, saucisson à l'ail, saucisse de Toulouse nageant dans un chou vert graisseux, camembert plâtreux, banane, le tout arrosé à volonté du picrate militaire – le bruit court dans les cantonnements qu'il contient du bromure destiné à calmer les ardeurs érotiques du soldat. Les gourdes se remplissent, rares sont ceux qui demandent de l'eau. Max n'essaye même pas de manger ce brouet, se contente d'une banane à peine mûre. En se posant des questions : qui sont ceux qui nourrissent les militaires, où trouvent-ils ces choux pourris, ces saucisses dégueulasses, ces fromages immangeables, ces excédents fourgués à l'armée alors qu'ils ne méritent que la décharge ? Combien les achètent-ils et combien les facturent-ils à l'intendance ? Qui sont ces paysans qui vendent en juillet des choux récoltés en janvier ? Qui sont ces vignerons qui méprisent jusqu'à leur propre métier en pressant ce toxique pinard ? Combien de pots-de-vin et de prébendes circulent sous les bourgerons et les capotes ? Qui sont ces cuisiniers qui osent servir cette tambouille infâme à une jeunesse appelée malgré elle à crapahuter dans les djebels pendant parfois deux longues années ? Max imagine de gras marchands, des exploitants agricoles cousus d'or, des politiciens faux-culs, des édiles locaux ventrus, satisfaits, des bourgeois nantis, des intendants militaires corrompus, qui tous s'en mettent plein les poches en magouillant avec la fourniture aux armées.

À dix-huit heures pétantes, le *Ville d'Oran* largue chaînes et amarres dans un vacarme qu'amplifie la coque de fer. Les soldats sentent le lent glissement du navire, aperçoivent le défilement du ciel par les ouvertures des panneaux de pont, voient filer et criailler les oiseaux marins. Les machines ronflent et les sirènes adressent leurs plaintifs adieux à Marseille.

Le vent fraîchit, s'engouffre dans la cale, bienveillant.

En doublant le phare de la Désirade qui commande l'entrée des ports de Marseille, le navire insensiblement s'élève puis s'enfonce lentement, roule d'un bord sur l'autre, le vent forcit, siffle, hurle, égale bientôt en puissance le bruit des machines, le bateau roule et tangue de plus en plus, il devient presque impossible de se tenir debout, les gamelles et les gourdes valdinguent, la troupe est muette, inquiète, crispée, les permissionnaires gueulards blêmissent et les bleus sont verts. Déjà, quelques-uns, se halant péniblement sur les cordes, se dirigent vers les latrines, le cœur au bord des lèvres. Sans prévenir, une vague furibarde s'écrase sur la coque, bondit vers le ciel, s'abat en trombe dans la cale, suivie d'une seconde quelques instants plus tard. Ils hurlent tant et si fort que le commandant du navire ordonne qu'on ferme les panneaux de pont. Le sol est devenu glissant, les matelas, les paquetages sont trempés d'eau de mer, très vite l'air se raréfie, la chaleur monte de quinze degrés. Les latrines sont pleines de vomisseurs, pliés en deux, à genoux, couchés, ils déversent des jets de bile aigre, rouge de pinard, mêlée de lambeaux de chou vert, de saucisse de Toulouse, de fromage ; elles deviennent très vite impraticables, débordent d'une matière puante, vomi et pisse mêlés, qui dégouline dans la cale, leurs occupants en bloquent l'accès, incapables de bouger, effondrés sur le sol, n'aspirant qu'à un seul sort : mourir, et le plus vite sera le mieux. L'odeur est insupportable, et Max remercie les piètres qualités des cuisiniers grâce auxquelles il n'a avalé qu'une banane qui, pour l'instant, s'agrippe de toutes ses forces à son estomac. Ceux de la cale ont renoncé à atteindre les latrines, dégueulent autant qu'ils le peuvent, même quand ils n'ont plus rien à dégueuler, partout et sur n'importe quoi. Une vague nauséabonde grossit de minute en minute, elle suit les mouvements du navire, passe d'un bord à l'autre, submerge les matelas, les paquetages, les hommes, répand d'irrespirables remugles.

Max réussit tant bien que mal à rester debout, agrippé au cordage, son paquetage sur l'épaule, seuls ses pieds pataugent jusqu'aux mollets. Lentement, suffoquant dans la chaleur et la puanteur, il se dirige vers l'escalier de secours, monte les trois marches, frappe de tous ses poings sur la porte verrouillée. En vain. Il a envie de pleurer de rage en contemplant la glorieuse armée française s'en aller-t-en guerre dans la merde et le vomi. Peut-il imaginer cela, le bon peuple français qui pour l'heure s'installe devant sa télé noir et blanc ? Il avise alors une grosse quille que les permissionnaires trimbalent avec eux, symbole de leur future démobilisation, qui roule entre les corps de deux artilleurs. Il la brandit, tambourine avec fureur sur la maudite porte d'acier, pendant un temps infini, jusqu'à ce que la quille lui explose entre les mains au moment même où la porte s'ouvre et laisse apparaître un matelot hors de lui qui commence par l'injurier avant que le spectacle hallucinant de la cale le calme instantanément. Il porte sa main au visage, bouche ouverte, lèvre pendante, lâche un hoquet sonore, statufié, au bord de la syncope. Max en profite pour se faufiler et s'effondrer dans l'escalier. Le matelot referme la porte, pousse les verrous, ne veut pas voir, ne veut pas savoir, la guerre c'est pas son bizness, lui c'est un marin, pas dans la Royale, juste le commerce, sur les lignes courtes. Il est livide, Max le réconforte, demande s'il peut lui trouver un endroit pour dormir, une banquette dans une coursive, un paillasson dans une cuisine, même un tas de cordages fera l'affaire. Ça tombe bien, dit le brave marin, il est de quart une bonne partie de la nuit et s'en ira coucher ailleurs plus tard. Max peut emprunter sa couchette dans une cabine où dorment déjà trois hommes. Formidable, ce mataf, Max a presque envie de l'embrasser. Le marin précise : moyennant une contribution financière bien sûr, eh oui, le monde n'est pas rose pour le soldat. Max a un peu d'argent, bien heureux de ne pas avoir cramé ses économies rue Thubaneau, combien ? Le brave matelot est gourmand, c'est pas donné, mais c'est ça ou retourner dans la cale, « j'suis un marin, pas l'abbé Pierre », pas si brave le matelot qui le conduit dans une cabine, lui indique une couchette. Max enlève ses godillots, s'allonge, aussitôt bercé par le roulis, un dormeur râle, trouve que ça pue, puis se rendort.

Sous un soleil radieux, par une mer calme et scintillante, le *Ville d'Oran* entra majestueusement dans le port, saluant d'une sirène joyeuse Alger la blanche. Les passagers des première et seconde classes étaient sur le pont, faisant de grands signes à ceux qui les attendaient. Max enfila des coursives sans fin, gagna lui aussi le pont, se glissa parmi eux, n'ayant aucune envie de se retrouver dans la cale avec la troupe. Des marins faisaient tournoyer les toulines – ces cordes légères lestées que l'équipage envoie aux manœuvres sur le quai afin d'y amener les lourdes amarres –, les passerelles se mettaient en place, des Arabes pieds nus entassaient les bagages sur des chariots, les GMC stationnaient, hayons rabattus, des bérets rouges patrouillaient dans le port, PM sur le ventre ; la lumière était déjà aveuglante, la journée s'annonçait caniculaire, le thermomètre affichait trente-cinq degrés. Les passagers franchissaient les passerelles, retrouvaient des parents, des amis, des chauffeurs de jeeps, des officiers subalternes venus les accueillir. Des jeunes filles en robe pimpante épongeaient leur front et leurs aisselles avec des mouchoirs. Le commandant fit ouvrir les panneaux de pont et installer la passerelle avant. Un souffle malodorant se répandit sur le navire, sur les quais, les jeunes filles tamponnèrent leur joli nez.

Alors débarqua l'armée française.

Dieu du ciel ! Comment imaginer ces soldats, ces centaines de soldats, qui arrivent à peine à ouvrir les yeux devant ce soleil étincelant tant ils sont restés dans l'obscure cale du navire, les vêtements, les visages, les cheveux couverts d'une bouillie pestilentielle, collante, gluante, visqueuse, verdâtre, qui descendent en titubant, hébétés, leur paquetage sur l'épaule, ces malfaisants, ces rats qui quittent le navire, sous le regard d'une foule soudain silencieuse ? Max s'est joint à eux, parce qu'il est lui aussi un soldat envoyé faire une guerre qu'il n'a ni décidée ni souhaitée, et dont il pressent l'issue. Les jeunes filles en robe pastel détournent les yeux, le prestige de l'uniforme en reprend un coup.

Ils n'étaient attendus que par quelques tringlots débraillés, mal embouchés, en short kaki, affalés sur le capot de leur GMC, tirant sur leurs Troupe puantes.

Ces derniers refusèrent de les embarquer, « c'est pas vous qui allez nettoyer les bahuts », c'est à pied, sous un brûlant cagnard, qu'ils durent parcourir les cinq ou six cents mètres jusqu'aux casemates aménagées sous le boulevard qui surplombe le port d'Alger où ils devaient attendre leur transfert vers leurs unités respectives.

Max fut conduit dans une chambre basse de plafond, meublée de lits de camps défoncés, quelques rats par-ci par-là, des cafards aussi. Au-dessus de sa tête circulaient sur le boulevard des convois de camions militaires dans un roulement continu de moteurs. On lui conseilla de dormir en passant le bras dans la sangle de son paquetage, « y a du vol dans le coin, les Arabes, tout ça, fais gaffe à tout ici, t'es à Alger, mec ». À peine la nuit tombée, dans la chaleur étouffante, sans air, se déchaînèrent des escadrilles de moustiques affamés, autant dire que dormir, fallait même pas y penser.

À six heures du matin, un chauffeur l'embarqua dans sa jeep pour le conduire à Cherchell. « Il y a une drôle d'odeur », dit-il. « C'est mes pieds, c'est du dégueulis. » L'autre lui jeta un regard dégoûté et accéléra.

Max se présenta devant l'adjudant de semaine. Bouffé par les moustiques, les yeux battus par une nuit sans sommeil, traînant derrière lui des relents de vomi, de diesel, de vieille sueur. On l'envoya à la douche.

Café-restaurant Chez Jef
Saint-Étienne, 3 janvier 2015

Je te plante le décor, Jef.

C'était à la fin des années soixante-dix, peut-être début quatre-vingt. Un bled de Vendée ou des Deux-Sèvres, un trou perdu. À l'époque, avec ma femme, tout barrait de travers, je sais, tu me l'avais dit, faut pas épouser les filles à grosse poitrine, les sauter oui, c'est folklorique, mais faut s'arrêter là, c'était trop tard, le mal était fait, mais c'était pas sa faute, c'était une fille bien, une belle fille même, c'était moi le problème, Ali sait pourquoi. Bref, notre couple branlait dans le manche et les gosses enchaînaient les conneries. Pour échapper à tout ça, avec la lâcheté qui me caractérise, j'avais trouvé un boulot de chef d'exploitation régional, en gros ça veut dire représentant, je courais une demi-douzaine de départements pour aller vérifier chez les quincailliers les stocks de rasoirs électriques fournis par Braun Electric France. Je m'étais arrêté dans ce gros bourg, j'ai oublié le nom, pour acheter deux paquets de Gitanes filtre, boire un café, tu connais, ça fait bureau de tabac, journaux, dépôt La Redoute, tiercé, à l'époque les jeux à gratter débutaient une carrière qui allait devenir stratosphérique. Il était neuf heures du matin, les buveurs de pinard s'enquillaient leur troisième ou quatrième blanc pour les plus élégants, le rouge qui tache pour les autres, deux ou trois buveurs de bière les toisaient de haut, les considérant comme des poivrots. Ça cochait et ça grattait dans des cumulus de fumée. En tant que victime d'une profession exposée, le patron, un grand gaillard nommé Toine, affublé d'un triple menton, devait bien descendre ses cinq-six litres de rosé quotidiens qu'il stockait dans une impressionnante bedaine, ça le rendait sourcilleux, fallait pas lui chercher noise. Ça sentait le mégot froid, le vin aigre, le café robusta, le produit d'entretien des chiottes et, quand le vent tournait au sud, le lisier du porc. Tu vois le tableau ? T'as demandé à personne de naître dans un bled pareil, l'endroit idéal pour te tirer une balle dans le crâne. Donc, pépère, je bois mon café, enfin si on peut appeler ça un café, j'allume ma Gitane, et voilà qu'un touriste allemand, dans les cinquante berges, se pointe en quête d'un paquet de Stuyvesant, à l'époque c'est ce que fumaient les Teutons. Là-dessus, à la stupéfaction générale, le bistrotier jaillit de derrière son comptoir, de la fumée lui sort par les oreilles et les narines, c'est une figure de style, Jef, il saisit le malheureux par les revers de sa veste, le traite des pires noms, et il s'y connaît en injures, lui balance une baffe, un coup de battoir, suivi d'un gnon dans le bide. Le Teuton s'affale, l'autre en profite pour lui filer deux ou trois coups de latte, ça plaît aux buveurs, c'est rare qu'il arrive des trucs intéressants, un bon pugilat allège la monotonie des jours qui passent. En conclusion, le buraliste intime au malheureux touriste qui voulait juste fumer tranquille l'ordre de foutre le camp de son établissement où on ne sert pas des ordures de son acabit. Le patron se replie derrière son bar, l'Allemand titube vers sa Mercedes où l'attend une volumineuse Gretchen. Mais il se ravise, veut comprendre pourquoi ce paquet de clopes a déchaîné une pareille violence et, non sans témérité, revient vers le bistro. Les piliers de bar se frottent les mains, le spectacle va reprendre, *the show must go on*. Comme le touriste s'enquiert de la raison de cette *blitzkrieg* trente ans après la fin des hostilités, le patron, tout en se servant un rosé extra-large, ça calme les nerfs, lui demande s'il s'appelle bien Hans, exact, dit l'autre mais comme à peu près la moitié des Allemands, sauf que tous les Allemands qui s'appellent Hans n'étaient pas des fumiers de salopards de geôliers du stalag 17 en Pologne où lui, Toine, était prisonnier, traité moins bien qu'un cochon. « Mais z'était la guerre, *krieg gross* malheur », Hans faisait son devoir de soldat, peut-être, mais il était pas obligé de lui briser les côtes à coups de crosse de fusil, de le faire ramper dans la merde, « il y avait beaucoup de brisonniers, il fallait de l'ordre et de la dizipline », et les faire crever de faim, travailler à remplir des sacs de charbon sans rien dans le ventre, il pesait quarante kilos, « fous afez pien geangé, repris le boil de la bête » et d'ailleurs, il s'en souvenait le Boche maintenant, c'est à cause de lui, le bistrotier, qu'il avait été muté du stalag où il menait une guerre sans soucis, sans soucis pour lui bien sûr, « bas bour les brisonniers », muté sur le front de l'Est où il a été tenu pour mort, estropié de partout, « fous foulez foir les zicatrizes ? », parce que le prisonnier s'était évadé avec un sac de charbon. Le bistrotier confirme, c'est même grâce à ce charbon revendu dans les villages polonais qu'il a réussi à regagner la France, qu'est-ce qu'il veut boire, le nazi ? Un whisky pour se remettre de ses émotions ? « Che fais gerger ma femme, elle est bas gommode. » Avec la Gretchen, un cul considérable et des nichons en abondance, ils se sont attablés. Saucisson pur porc, rillettes, côtes-du-rhône, bon pain français, « laisse, Hans, c'est moi qui régale », ils devisent du bon vieux temps au stalag 17, parce qu'y avait quand même des bons moments, faut avouer. Le soir, ils étaient bien torchés, « Hans, tu vas pas aller à l'hôtel, je vais dire à ma femme de préparer la chambre d'amis, pour une fois qu'on a des amis, des vrais amis, avec qui on a des souvenirs. Et quels souvenirs ! Pas vrai, Hans ? ».

« *Ja !* »

Et voilà comment j'imagine la fin de l'histoire, Jef : Hans et le Toine sont restés copains pendant vingt ans, jusqu'à ce que l'accident de platane emporte l'un et la cirrhose l'autre. Ils allaient en vacances tous les quatre sur la côte Adriatique où Hans avait une maisonnette. Et pendant vingt ans, ils ont cassé les burnes de leurs femmes, c'est une image, Jef, en se remémorant la belle époque du stalag, avec le temps c'était devenu une sorte de club de vacances. Alors tu saisis, Jef ? Tu saisis pas ? Eh ben, Ali et moi, c'est pareil, Ali était du mauvais côté et moi du bon, enfin ça dépend de quel point de vue on se place. Bien sûr, Ali est pas d'accord. C'est normal. Ali a pas tort vu qu'il a gagné et que c'est toujours les vainqueurs qui écrivent l'Histoire.

Tiens, remets-nous un p'tit calva, Jef, pour faire passer le goût du gigondas !

Prends mon père, par exemple ! Quand on peut rire de sa guerre, c'est qu'on l'a faite du bon côté. Est-ce que je t'ai déjà raconté « Pan ! Dans l'cul d'une vache ! » ? Je t'ai jamais raconté, Jef ? J'te raconte alors. « Pan ! Dans l'cul d'une vache ! », c'était la chute de la meilleure histoire que nous racontait notre père, on l'avait entendue cent fois, on en redemandait toujours, on s'en lassait pas, Papa, raconte-nous « Pan ! Dans l'cul d'une vache ! ». Il se faisait pas prier, il adorait raconter sa guerre, bien qu'il aurait préféré qu'on le supplie de nous conter des exploits plus valorisants. Mais nous, les six mômes, ce qu'on voulait, c'était « Pan ! Dans l'cul d'une vache ! », à cause du gros mot, le gros mot était puni d'une taloche, maman était intransigeante là-dessus, sauf pour papa, bien sûr. Comme tous les mineurs de La Ricamarie, il était communiste et, comme tout communiste qui se respecte, il était entré dans la résistance, dans les FTP qu'il valait mieux pas confondre avec les FFI, ils pouvaient pas se blairer. Comme il parlait espagnol, on l'envoyait en catimini sur la frontière, dans les Pyrénées, pour assurer la liaison avec les Américains. Il revenait avec du fric, des missions, et il donnait aux Ricains des renseignements sur les troupes allemandes. Ils se rencontraient chez un fermier ami, dans la montagne, à quelques centaines de mètres de la frontière. Et voilà qu'un jour surviennent des Allemands, le fermier entraîne papa vers une grange, ouvre une porte vermoulue et le pousse vigoureusement dans l'obscurité. Il n'y voit goutte, il est projeté et atterri, devine où, Jef? Nous retenions notre souffle, mon père laissait passer un long, long, long suspense en roulant des yeux paniqués et s'exclamait « Pan ! Dans l'cul d'une vache ! », déchaînant notre joie. Sous le regard tendrement désapprobateur de Maman.

Mon grand-père, le père de Maman, était aussi un ancien combattant, mais un ancien combattant de la reine des guerres, la Grande Guerre, la grande boucherie, celle de 1914, dans l'infanterie, les tranchées, la boue, les rats. Il adorait la raconter, sa Grande Guerre, à la fin du repas, après la p'tite prune dans la tasse à café tiède, et nous on levait les yeux au ciel avec un soupir d'ennui : Papi allait encore nous raconter sa guerre ! Ah, la chaude camaraderie des tranchées, que de souvenirs, vous auriez vu ça les enfants, quand un obus de soixante-quinze a arraché la tête d'Émile, un gars de Bar-le-Duc, le matin même il vous avait roulé une cigarette de gris, et voilà qu'il continuait à courir sans sa tête, sa cervelle explosée dégoulinait sur mon uniforme ; quand notre capitaine, prof d'histoire de Nîmes dans le civil, asphyxié au gaz moutarde, est mort dans les bras de ses hommes ; quand Eugène et Gustave, qui avaient passé la nuit dans l'eau croupie d'un trou d'obus, la jambe arrachée pour le premier, l'œil, l'oreille et la moitié de la mâchoire en moins pour l'autre, ont été récupérés vivants par nos héroïques brancardiers, la chance qu'ils ont eue – tu parles d'une chance, t'as raison, Jef –, ah, c'était le bon temps, on était entre hommes, des vrais, les Boches, les Fridolins, les Frisous, les Chleus, on les aura, y passeront pas. C'était vrai, ils sont pas passés. À quel prix !

Même ceux de la débâcle de 1939 avaient de délicates histoires à raconter, les cadavres par milliers sur la plage de Dunkerque, la Gestapo, la torture, les fusillés, le froid, l'exode, la faim, le maquis.

Trois fois par an, ils défilent en béret, la hampe des drapeaux bien calée sur le bidon, ils sont pas bien riches, juste de leur honneur, les médailles puériles cliquètent sur les poitrines, c'est vrai qu'ils les méritent ces breloques, ces croix de guerre, ces citations, en tout cas autrement plus que les légions d'honneur des sportifs, des avocats, des stars de cinéma, déjà bien lotis par la vie, pas de problèmes de fin de mois, l'argent et les médailles font fort bon ménage. Les premiers raniment la flamme sous les regards goguenards des « jeunes-cons-aujourd'hui-ce-qu'il-leur-faudrait-c'est-une-bonne-guerre ! ».

Vieux cons.

Eh bien, tu vois, Jef, nous aussi, avec Ali, on a très envie d'être des vieux cons, des vieux cons d'anciens combattants, on a envie d'emmerder le monde, surtout les petits-enfants, en leur racontant notre guerre.

L'Algérie.

Ça me donne soif tout ça, pas toi, Ali ? Allez, Jef, sers-nous deux pressions.

Seulement nous, on n'a pas trop le droit. Jamais dans un bistro tu n'entends des vieux raconter les Aurès ou la Kabylie, suivi d'un « c'était l'bon temps ». Jamais. On peut pas. On n'a pas le droit. Cette guerre, un jour, y a un gars qui l'a appelée « la sale guerre d'Algérie », sûr qu'elle était pas propre, mais est-ce que ça veut dire qu'il y a des guerres propres ? Le Viêtnam, le Biafra, Stalingrad, la guerre d'Espagne, c'était des guerres propres ? Il paraîtrait qu'elle était sale parce que c'était une guerre de libération coloniale, j'en conclus qu'elle était sale côté français et propre côté algérien. Même Ali, il est pas d'accord, pourtant il était du côté algérien. L'armée française n'enfilait pas des perles, mais les Algériens n'étaient pas non plus des enfants de chœur, les attentats, les assassinats, les exécutions, d'accord à la guerre tous les moyens sont bons, mais question propreté, peut mieux faire. Dis-moi, Ali, cette charmante coutume que vous aviez de couper les couilles de vos victimes et de les leur fourrer dans la bouche, c'était d'un goût douteux, non ? Comment c'est pas vrai ? On prétend même que les couilles des uns ont été enfoncées dans la bouche des autres, mais je peux pas croire que l'âme humaine soit si noire. C'est pas du racisme, Ali, c'est la vérité vraie, toute nue. La guerre d'Algérie, revue et corrigée, c'est une longue suite de tortures, de viols, de pillages, d'exactions en tout genre perpétrés par deux millions de pauvres bougres appelés contre leur gré, ils avaient pas du tout envie d'y aller, deux longues années, dans un conflit qui ne les concernait pas.

La guerre d'Algérie, c'est la honte.

D'ailleurs, elle n'osait même pas s'appeler guerre, elle s'appelait « les événements d'Algérie », ou « opération de maintien de l'ordre », ou « opération de simple police », allez rouler de la caisse avec ça ! Au début, quand il y avait des morts, ça faisait la une des journaux. Et puis avec le temps, l'habitude, la mort de quelques soldats dans une embuscade, une institutrice égorgée devant ses élèves, une famille de fermiers assassinée, vieux et enfants compris, tout ça a été relégué en page huit à la rubrique faits divers, la routine quoi, fallait pas trop faire savoir qu'il y avait des troufions qui clamsaient, c'était pas bon pour le moral de la nation. C'est vrai qu'une guerre, en dessous de un million de morts, ça ne mérite pas le beau nom de guerre. Le général de Gaulle ne disait-il pas que les événements d'Algérie, pfuitt! faisaient moins de morts que les accidents de la route? Il faut dire qu'en ce temps-là la route était sacrément meurtrière. Il s'agissait des morts français, bien entendu, les tiens, Ali, on les comptait pas, chacun pour soi. Les historiens sérieux se sont à peu près mis d'accord sur les chiffres de vingt-quatre mille Français tués et cent cinquante mille Algériens, sans compter les estropiés. C'est loin d'être ridicule et, merde alors! nous n'avons pas à rougir de notre carnage à nous. Les gouvernements algériens successifs, confrontés à des difficultés qu'ils n'arrivent pas à gérer, les ont attribuées à la guerre, faisant passer le nombre de morts, qu'on appelle là-bas des martyrs, ça leur fait une belle jambe, à un million et demi, transformant ainsi de modestes événements en une bonne et belle guerre d'indépendance, source de tous leurs maux. Comme tu sais, j'adore l'arithmétique et les statistiques, alors sur une population arabe de neuf millions à l'époque, si t'enlèves les femmes, les enfants et les vieux, il reste combien? un million et demi d'hommes aptes à guerroyer? Eh ben, ils sont tous morts! Et si on y réfléchit bien, on se demande comment ils ont fait pour faire tellement d'enfants par la suite.

En réalité, nous ne nous glorifions pas de cette guerre tout simplement parce nous l'avons perdue. Et voilà pourquoi on dépossède deux millions d'anciens combattants français du droit de faire chier leurs p'tits-enfants avec le récit de leurs exploits guerriers.

Les Algériens ont cette chance de pouvoir les faire chier, leurs p'tits-enfants. Ils s'en privent pas, Ali, tes colonels, tes généraux, tes vieux croûtons cacochymes, ils ressemblent à des poids lourds polonais avec leurs médailles gagnées dans les bordels de Tunis où ils ont passé toute la guerre à sauter des petites fatmas, c'est vrai ou c'est pas vrai ? Allez, tu sais bien que c'est vrai, ça les empêche pas de la raconter, leur belle guerre d'indépendance, ils ont le droit, eux. Et ils les font bien chier, leurs p'tits-enfants.

Mais tu sais quoi, Jef, tu sais quoi ? Il pourrait bien se pavaner aussi, Ali, parce qu'il l'a gagnée la guerre, mais il se pavane pas, parce que le résultat, c'est qu'il est quand même dans la merde. Non j'exagère pas, et je vais te dire, son pays est un tas de merde, je te parle pas des gens, les gens sont super, je te parle des politiciens, pourris, corrompus jusqu'à la moelle, ils s'en foutent plein les fouilles, ils laissent que des miettes, ils en ont rien à foutre de leur prétendu bon peuple. La guerre, que tu la gagnes ou que tu la perdes, c'est toujours la merde.

On va y aller, Ali ?

On te doit combien, Jef?

Classe Creuse
Algérie, juillet 1961

Jusqu'en septembre 1939, la France forniquait à tire-larigot, ça pondait à tous les étages, dans les villes, dans les bourgades les plus reculées, dans les campagnes perdues, dans les bas-fonds du bocage, il y avait tant de bébés qu'on ne savait plus où donner de la tétée, les familles de moins de quatre enfants étaient considérées comme des patriotes de mauvaises vie et mœurs, on faisait la queue devant les fonts baptismaux, les ventes de scapulaires explosaient, les curés se frottaient les mains, tous ces petits nourrissons, un jour, feraient leur bonheur.

Et puis badaboum, jailli comme un diable d'une boîte, un certain Adolf Hitler mit le feu aux poudres, les hommes partirent au front – enfin, quand ils réussirent à le trouver –, se carapatèrent, se retrouvèrent prisonniers à tourner des obus chez Krupp ; ceux qui restaient n'avaient plus la tête à la bagatelle, en cause le manque de charbon, le coït demande quand même un minimum de chaleur. Résultat, pendant cinq ans, plus de mômes. Il fallut attendre la victoire de 1945, le retour des prisonniers (et du charbon) pour que les Français reprennent la fornication là où ils l'avaient laissée, provoquant le fameux baby-boom d'après-guerre. Si bien que vingt ans plus tard, au tout début des années soixante, la France manqua de militaires pour aller pacifier l'Algérie, ce qu'on appela les classes creuses.

Début 1961, tout le monde sachant que la guerre d'Algérie tirait à sa fin, il se produisit un phénomène qui en disait long sur l'envie qu'avait la jeunesse intellectuelle d'aller, sinon se faire tuer, du moins traîner ses pataugas de longs mois durant dans les djebels, crever de chaud et d'ennui loin de chez elle – la fleur au fusil, c'était pas sa bière. Les étudiants, en prolongeant d'une année leurs études, pouvaient avec un peu de chance bénéficier d'un sursis. Ils s'inscrivirent en masse dans des cursus plus ou moins utiles pour leur carrière mais, espéraient-ils, propices à leur épargner l'Algérie. L'armée se trouva fort démunie en diplômés pour remplacer les officiers de réserve démobilisés. Elle se rabattit sur des peu ou pas diplômés, formant des promotions appelées avec dédain « promotions des plombiers-zingueurs ».

C'est ainsi que Max, fils de mineur du bassin houiller de la Loire, qui avait péniblement passé le premier bac, qui ne s'était même pas présenté au deuxième – la philo, quel ennui –, qui avait lu trois livres dans sa vie, qui n'avait jamais fichu les pieds au théâtre ou au concert, se retrouva à l'école des élèves-officiers de réserve de l'Infanterie, à Cherchell, cent kilomètres à l'ouest d'Alger, dans la promotion « classe creuse » tendance « plombiers-zingueurs ».

Il y avait trois types d'élèves-officiers. Les très peu diplômés, pas même le bac, étonnés, pleins d'orgueil, qui se voyaient comme le dessus du panier, se sentaient déjà dépositaires de l'autorité future et futures peaux-de-vaches avec la troupe. Ils chercheront à rempiler après leur démobilisation pour devenir militaires de carrière plutôt que de s'ennuyer dans leur petit boulot, ils finiront avec le grade d'adjudant-chef, très peu parviendront à devenir officiers d'active. Il y avait ensuite ceux qui, comme Max, vivaient là une université qu'ils n'avaient pas eu les moyens de connaître, heureux de fréquenter des étudiants ne sachant pas grand-chose de la vie des campagnes et des usines mais si joyeux et si cultivés. Enfin, il y avait ces étudiants à qui le sursis avait été refusé et, finalement, ravis de se promener dans la nature, de faire du sport, de se sentir en vacances, ce qu'on leur demandait n'était pas si compliqué. Ils étaient à peu près tous antimilitaristes, antigaullistes, avaient des conversations sans fin, au foyer, à la bibliothèque, au ciné-club, dans les piaules, par exemple lire et commenter des passages de Faulkner, de Proust, de Joyce – ah ! Joyce ! – et surtout du *Voyage au bout de la nuit*, ils adoraient le bouquin, pas l'auteur, Max apprit par la suite que c'était une opinion assez répandue. Après avoir essayé *Ulysse* jusqu'à la page trente, il en conclut que ces étudiants étaient bizarres parce que pour se taper ce livre, fallait être bien allumé, Proust pareil, en revanche le *Voyage au bout de la nuit*, passé l'intro un peu longuette sur la guerre de 1914, l'enchanta. Il se mit à lire les journaux, fréquenta le ciné-club autrement plus passionnant que celui de Saint-Étienne, tout juste source de rigolade et de tentatives désespérées de drague. Il n'avait jamais fait de politique malgré tous les efforts de son père pour le traîner aux réunions de cellules, vendre *L'Huma-dimanche* à la sortie de la messe sous les regards dédaigneux des scouts de France, ou du muguet le 1er Mai au coin de sa cité de La Ricamarie. Son statut de fils de mineur lui procura une aura particulière auprès de ces étudiants, enfants de la bourgeoisie, qui rêvaient de révolution prolétarienne. Il s'aperçut que le communisme n'était pas seulement un parti ouvrier. Politiquement, plus on était plombier-zingueur, moins on était politisé, ou alors vaguement gaulliste. Plus le niveau intellectuel s'élevait, plus on était pro indépendantiste, antigaulliste, voire communiste, le seul vrai parti de gauche en ces temps-là – la SFIO de Guy Mollet, qui allait devenir dix ans plus tard le Parti socialiste, et qui avait envoyé le contingent en Algérie avant de se rallier à de Gaulle, n'était pas très bandante. Certains romantiques vouaient un culte à l'aspirant Maillot, du 57e bataillon de tirailleurs algériens, sorte de Che Guevara pied-noir qui avait rejoint le FLN en lui livrant un camion d'armes, lesquelles armes avaient servi à massacrer une section de jeunes appelés de l'Infanterie coloniale à Palestro. Ou au guerrier Amirouche, grand spécialiste de mutilation sexuelle de cadavres de soldats tombés sous ses balles, chef de la Wilaya III, surnommé le Loup d'Akfadou. Tous deux avaient été tués par les parachutistes. Il y a parfois du romanesque étrangement mal placé, pensait Max.

Ce qu'on leur enseignait n'était pas bien sorcier, du combat théorique, de la topographie, un peu d'histoire militaire et d'Algérie, quelques cours d'un arabe rudimentaire. Ils savaient demander à un paysan « As-tu vu le hors-la-loi ? », « *cheft al fellagha ?* » mais comme on ne leur apprenait pas la réponse, ce n'était pas très performant. Ces cours étaient ennuyeux. En revanche, ils adoraient tout ce qui était physique, le sport, le parcours du combattant, les marches dans le beau et sombre massif du Chenoua « qui prend racine dans les collines autour du village, et s'ébranle d'un rythme sûr et pesant pour aller s'accroupir dans la mer », écrivait Camus, que Max découvrit et aima. Chaque jour, ils avalaient une pastille de sel contre la déshydratation, un comprimé de Nivaquine contre le paludisme et hop ! direction le maquis. Ils franchissaient au détour d'un vallon les ruines d'un aqueduc romain, traînaient leurs rangers sur les pierres plates d'un théâtre où, deux mille ans plus tôt, avaient résonné les vers de Sophocle, d'Euripide, déclamés par des actrices en cothurnes, aux bras nus et dodus dans l'imaginaire du soldat. D'un mot, c'était joli. Joli mais souvent très inconfortable, ce maquis bourré de griffes, d'épines, d'échardes, de scorpions, de sangliers, peut-être de fellaghas. Au retour, ils allaient apaiser leurs cloques sur une belle plage surveillée par des sentinelles où ils nageaient avant le crépuscule, refaisaient le monde, bâtissaient l'avenir marxiste de l'Algérie indépendante.

Ils aimaient les armes à feu sans avoir envie de tuer hommes ou bêtes.

Parmi elles, le fusil de guerre MAS 49/56, que Max connaissait, il avait visité la Manufacture d'armes de Saint-Étienne avec son lycée. C'était un lourd engin qui vous trouait gravement son homme à deux cents mètres et qui pouvait aussi lancer des grenades en tir courbe ou, pour les plus audacieux, à tir tendu. La MAT 49, sortie de la Manufacture d'armes de Tulle, aujourd'hui un musée, une jolie mitraillette à cartouches parabellum neuf millimètres, légère, agréable, ils aimaient tous cette petite mitraillette qui faisait un peu gangster. Le pistolet-mitrailleur, le MAS 38, qui fit l'Indochine entre les bras des légionnaires parachutistes de la 317e section. Mais aussi les mitrailleuses légères 12,7 ou AA 52. Les mortiers de 60 ou de 81, engins aux exploits approximatifs dont les obus tombaient un peu où ils voulaient au gré du vent, n'affolant que les lapins, les taupes et les blaireaux.

Un cours de lancer de grenade à main par un sergent-chef instructeur donnait à peu près ça : « Il y a deux sortes de grenades : l'offensive et la défensive. L'offensive, comme son nom l'indique, sert à l'attaque mais, car il y a un mais, si vous la balancez dans un champ, ou dans la nature, elle ne fera que du bruit, un gros bruit, elle cramera un peu d'herbe, elle fera gicler du sable, mais elle ne fera de mal à personne, non. L'offensive n'est efficace que si vous la balancez dans un blockhaus, dans une habitation, une mechta par exemple, dans un char, une voiture fermée et là, elle fera des dégâts considérables, elle paralysera les occupants, les assourdira, les tuera d'autant plus sûrement que le local sera exigu. La défensive, c'est le contraire, c'est quand c'est vous qui êtes bien à l'abri dans un blockhaus, une mechta, une habitation. Elle est pré-quadrillée comme une tablette de chocolat. En explosant, chaque carré, au nombre de 42, se transformera en morceau d'acier tranchant comme une lame de rasoir, filant comme une météorite, mortel dans un rayon de trente mètres. Comme vous la jetterez à moins de trente mètres, il vaudra mieux pour vous être bien à l'abri pour pas vous prendre les carrés de chocolat. » Ça donnait pas envie, la grenade défensive.

Ils n'avaient pas du tout l'intention d'occire des ennemis et, d'ailleurs, des ennemis, y en avait pas. Ou plus. Ou bien ils manquaient de motivation. En tout cas, ils ne montraient pas le bout de leur turban. Ce qu'aimaient les soldats, c'était l'odeur enivrante de la poudre, la fumée bleue sur les pas de tir, le vacarme des pétarades, le sifflement des balles qui ricochaient sur les rochers, les étuis de cuivre des cartouches qui tintinnabulaient en s'éjectant sur le sol. Les marchands de munitions, c'est certain, devaient bourrer leurs cartouches et leurs obus de cocaïne ou d'opium ou d'une drogue, en tout cas les soldats aimaient ça, l'odeur de la poudre à canon, « l'appel du feu », disent les artilleurs. Un appel qui a entraîné dans l'histoire des guerres pas mal de massacres, quand les guerriers commencent à défourailler, ils ont du mal à s'arrêter, et même quand le chef hurle « Halte au feu », pas facile d'obtempérer, encore une p'tite rafale mon capitaine, j'en vois un qui se carapate, je vais l'allumer, après, promis, je lâche la gâchette.

Cherchell n'était pas représentative d'une petite ville algérienne. Située dans une zone militaire très protégée en raison de l'implantation de l'école, les paysans n'avaient pas été parqués dans un camp de regroupement comme c'était le cas dans le reste de l'Algérie. Les grosses fermes des colons avaient été abandonnées dès les premières années de la guerre, lorsque plusieurs familles avaient été assassinées par le FLN, leurs propriétaires habitaient maintenant en ville, faisaient cultiver leurs champs par des ouvriers agricoles berbères durant la journée.

La population indigène du village de Cherchell était chaleureuse, romantique, dotée de ce sens de l'autodérision qu'affectionnent les Algériens. Il y avait des bistros où Max découvrit le couscous, le méchoui, où le vin coulait à flots, rouge ou rosé, quatorze degrés minimum, qui sentait le caillou et le soleil. Les villageois étaient franchouillards, ceux qui savaient lire adoraient Victor Hugo, Gustave Flaubert et croyaient mollement en Dieu, les autres ne se bousculaient pas à la mosquée. Tous aimaient le foot, jouer aux dames au soleil couchant en sirotant un éternel thé, les femmes allaient nu-tête, un simple fichu coloré noué pour parer l'ardeur du soleil, quelques vieilles étaient voilées de blanc, couleur du deuil, il y avait des nuées d'enfants crasseux, pieds nus hiver comme été, la morve en chandelle, piailleurs, drôles, à qui les élèves-officiers offraient des sucreries, hélas pour leurs dents, la brosse à dents était très loin d'arriver dans ces contrées. Ils chassaient les mouettes en fouillant les déchets des cuisines déversés dans une décharge par une camionnette militaire, ils y récupéraient des bribes de nourriture. Ils fendaient le cœur des soldats.

Les études étaient faciles, il y avait un contrôle continu avec une note globale de fin d'études qui déterminerait le grade et le choix des affectations, les mieux placés choisiraient en premier, mais ils ne se battaient pas pour être les meilleurs, ils s'en foutaient royalement pour la plupart d'entre eux. La somme des coefficients des notes était égale à cent et le plus haut coefficient – de trente, on l'appelait la « cote d'amour » –, était donné par l'officier instructeur. Une mauvaise « cote d'amour » les envoyait dans les profondeurs du classement et les affectait dans les coins les plus pourris. Le lieutenant-instructeur lui donna six sur trente ! Ce qui le fit sortir aspirant et avant-dernier de la promotion. Quand Max lui en demanda la raison, l'officier lui fit cette étrange réponse : « La guerre ne se fait pas avec des communistes ! ». Sur son livret militaire, il inscrivit en substance cette appréciation : « Intelligent, mais que surtout, surtout, on ne lui confie pas le commandement d'une section ». Max ne lui en voulut pas une seconde, ce n'était pas un mauvais cheval, l'instructeur ne l'aimait pas, ça arrive. Peu lui importait l'endroit où il serait affecté, de toute façon il aurait choisi l'Algérie, au moins il s'y passait des bribes d'Histoire qu'il voulait vivre de l'intérieur, retrouver une vie de caserne le déprimerait. Il y avait aussi un léger parfum d'aventure et il commençait à aimer ce pays, ses djebels, ses habitants, Arabes, pieds-noirs, soldats perplexes qui ne comprenaient rien à ce qui allait leur arriver, à savoir une guerre militairement gagnée par eux, politiquement perdue par d'autres.

Arriva l'heure du choix.

Les premiers optèrent soit pour le retour immédiat dans une caserne de la métropole ou des forces d'occupation en Allemagne sans passer par la case djebel, soit, pour les aventuriers, pour les régiments les plus prestigieux, les parachutistes, les commandos de marine, la Légion étrangère surtout – ce devait être très gratifiant de commander à vingt ans et des poussières une section de vingt-deux redoutables guerriers aux bérets verts de dix ans vos aînés. Lorsque le tour de Max arriva, il ne restait plus qu'une place au

11e bataillon de chasseurs alpins surveillant le barrage électrique à la frontière algéro-tunisienne.

Il allait passer de longs mois dans une tour nommée « Mirabelle », guettant à la jumelle l'arrivée de Tartares qui, comme chacun sait, n'arrivent jamais. Mais il resterait à écouter, à respirer « le soupir odorant et âcre de la terre d'été en Algérie », cher à ce Camus qu'il venait de découvrir.

La Ricamarie
Fin des années 1950

Lecteur avisé, tout ça est allé bien vite et tu te demandes comment Max, un glandeur de première catégorie, un enfant de la mine, a pu se retrouver officier de chasseurs alpins de l'armée française.

À quatorze ans, Max descend dans le puits Couriot de Saint-Étienne, à sept cents mètres sous terre, emmené avec toute sa classe par monsieur Legrand, leur instituteur.

Il neige.

Les houillères du bassin de la Loire, qui avaient un criant besoin de main-d'œuvre, faisaient miroiter le travail au fond de la mine à des mômes encore à l'école, tout juste diplômés du certificat d'étude. Futurs mineurs, le plus beau métier du monde, grâce à lui les hommes font rouler des locomotives, produisent de l'électricité, de l'acier, de la chaleur, que serait un monde sans charbon, un mineur, c'est un seigneur ! Les gens le croyaient, ils pensaient qu'il y avait de la noblesse à abattre du charbon au marteau-piqueur pneumatique, quarante-huit heures par semaine et quarante-huit semaines par an.

Mario, le père de Max, militant communiste, républicain espagnol réfugié en France, et son fils aîné, Guy, travaillaient tous deux au fond du puits Pigeot, dans la petite ville industrielle de La Ricamarie, à quelques kilomètres de Saint-Étienne. Et ils aimaient leur métier, ils en étaient fiers, ils vivaient dans la mine, de la mine, étaient logés dans des maisonnettes de la mine, soignés dans des dispensaires de la mine, allaient à la mer dans des centres de vacances de la mine, les catholiques allaient à l'église de la mine, leurs copains étaient mineurs, Espagnols, Italiens, Polonais, Algériens, Français aussi.

Max était promis à la mine.

Seulement voilà, sa descente à vitesse vertigineuse au fond du puits Couriot, l'interminable marche dans des galeries obscures, assourdissantes, envahies de chariots, de convoyeurs, la taille de charbon si basse qu'on n'y peut tenir debout, le vacarme des marteaux-pneumatiques et, ce jour-là, le foudroyage – ce moment terrifiant quand les boiseurs ont démonté les étançons, à quelques mètres dans le dos des mineurs, que le plafond épais de sept cents mètres s'est effondré dans un vacarme de fin du monde, que la poussière noire a envahi les poumons, vite collée au sol par les jets d'eau pulvérisée pour parer au risque d'explosion d'un « coup de poussière », cette terreur des mineurs si ces microscopiques molécules de charbon s'enflamment au contact de la moindre étincelle, dégageant un gaz mortel, bien plus dévastateur que le coup de grisou – font que Max se met sérieusement à douter d'un métier à deux cents mètres sous le niveau de la mer.

Mais c'est dans la « salle des pendus » qu'il décidera de son avenir.

C'est le vestiaire des mineurs. Quand ils remontent au jour, après avoir déposé les lampes à acétylène à la lampisterie, ils se retrouvent dans une immense halle vitrée, haute de dix mètres, chauffée à plus de trente degrés où ils se débarrassent de leurs vêtements, les disposent sur une sorte de cintre et de crochets, le casque d'abord, puis le cache-nez, le bleu de travail, les chaussettes et les bottes. Au moyen d'un câble monté sur une poulie, une fois récupéré leurs habits de tous les jours, ils font monter l'ensemble tout en haut de la salle, là où la chaleur la plus forte sèchera les vêtements gorgés de l'eau pulvérisée en permanence pour fixer l'inflammable poussière de charbon. Ils cadenassent l'extrémité du câble sur une rampe de fer scellée dans le mur. Ces centaines de vêtements suspendus au plafond ressemblent à une armée de soldats qu'on aurait pendus en leur laissant leurs bottes, c'est le verger du roi Louis, d'où le nom de « salle des pendus ». En contrejour, avec les flocons de neige vagabonds, c'est terrifiant de réalisme. Ensuite, les mineurs passent à la douche, une autre immense pièce où ils se récurent, se savonnent, se frottent le dos les uns les autres à la queue leu leu, sous des jets d'eau brûlante, dans une vapeur à couper au couteau, le chauffage et l'eau chaude sont gratuits à la mine. Mais la vision de la salle des pendus emplie d'une quarantaine d'ados, presque tous ravis de faire un jour ce beau métier malgré quelques circonspects, puis sous la douche commune, maigrichons, blancs, en slip pendouillant entre les cuisses – les mineurs eux, n'ont pas de ces pudeurs, ils se savonnent à poil – a conforté la volonté inébranlable de Max que jamais, mais jamais de la vie, il ne fera cette saloperie de métier.

La cokerie ne le tente pas plus que l'aciérie ou la centrale thermique, ces monstres de boucan, de chaleur, de danger, le métal en fusion chanté par les poètes, la condition ouvrière à la Jaurès – il était venu dans le coin au début du siècle –, la grande industrie, les luttes syndicales, tout le bazar, non merci, à la grande déception de son père, de son frère et même de sa mère. Non merci, non merci, non merci.

Sortir de cette condition est difficile, quasi impossible, t'es petit-fils et fils de mineur, tu seras mineur et tes enfants seront mineurs : tu vivras dans une cité ouvrière, tu auras un jardin ouvrier, un potager ouvrier, le charbon pour te chauffer sera déversé devant ton soupirail une fois l'an ; ta mère passera sa vie à frotter le carrelage, à briquer la maison, à faire bouillir le linge dans des lessiveuses, linge toujours gris des fumées d'usine ; une fois par semaine, dans la cuisine surchauffée, elle savonnera les garçons d'abord, les filles ensuite dans un baquet d'eau fumante ; tu militeras au parti, à la CGT ; tu te bourreras la gueule tous les samedis soirs et, bien torché, tu engrosseras une fille dont au réveil tu ne te souviendras pas du prénom, tu l'épouseras, bien obligé, tu lui feras une tripotée de gosses qu'elle frictionnera dans un grand baquet dans la cuisine, comme ta mère, comme tes sœurs.

Eh bien non. En cette fin des années cinquante, les années yé-yé pointent le bout de leur guitare, les années deux-chevaux, la jeunesse s'ébroue, craque dans ses habits trop étroits, aspire à une vie plus aventureuse, à l'amour, à la liberté, à foutre le camp de La Ricamarie, de Saint-Étienne, à partir vers des horizons, n'importe quels horizons pourvu qu'ils soient joyeux, à envoyer paître les grincheux, les oiseaux de malheur, les pisse-vinaigre.

Mario son père, Guy son frère tombent de l'armoire lorsque Max annonce en plein milieu du poulet dominical qu'il est hors de question qu'il redescende, ne serait-ce qu'une fois, dans la mine, qu'il préfère faire clochard, paysan ou même curé – ça, c'est pour emmerder son père, bouffeur de soutanes à chaque repas –, mais que jamais il ne sera mineur. Ouragan dans la cuisine, la maman fond en larmes, pourtant elle a la peur nouée au ventre chaque jour que ses hommes descendent, un coup de grisou, un coup de poussière, un éboulement, ça arrive si vite, alors si celui-là échappe à la mine, son cœur battra avec moins de violence. Max tient bon et son père furieux part faire sa partie de boules en claquant violemment la porte, sans autre effet que de faire chuter le coucher de soleil sur la baie d'Along.

À La Ricamarie, les enfants de mineurs ont un avenir tout tracé. Les garçons descendent abattre du charbon, les filles se lèvent à six heures du matin pour embaucher à sept dans les ateliers de rubans, aux derniers étages des immeubles de Saint-Étienne, là où la lumière est idoine pour la rubanerie. Celles qui tournent mal sont serveuses dans les restaurants ou pire, dans les bars. Guy, le frère mineur, au retour de trente-trois mois de service militaire en Algérie, engrossera une serveuse un soir de biture, l'épousera, lui fera trois autres mômes. Les trois sœurs rubanières suivront le même chemin et marieront leur engrosseur.

Mais Max est le second rebelle de la famille. La fille aînée, Marisa, avait décidé de faire instit. Pour ça, il fallait passer le brevet puis se présenter à l'École normale des instituteurs, et pour passer le brevet, il fallait aller chez les bonnes sœurs. Mario vivant, sa fille ne foutra jamais les pieds chez les bonnes sœurs ! « Et pourquoi pas ? » dit Maman. Parce qu'il n'a pas combattu pendant trois ans contre Franco et cinq contre Hitler pour que ses enfants aillent chez les curetons. Elle voit pas le rapport. La semaine suivante, Marisa entrait en pension chez les sœurs de la Charité, ce que femme veut, Dieu le veut, Mario furieux claqua la porte pour aller faire sa partie de boules et le coucher de soleil sur la baie d'Along chuta pour la première fois. Marisa réussit son concours, devint institutrice. Elle épousa un maître d'école, mit au monde deux enfants qui deviendront prof pour l'aîné, dessinateur industriel pour le cadet, lesquels feront eux-mêmes des enfants, dont un journaliste au *Progrès* et une fille avocat au barreau de Paris, vive la République!

Bon, maintenant Max doit trouver une solution. Il a l'idée la plus saugrenue: rentrer au lycée. Il s'en ouvre à monsieur Legrand, l'instituteur de la dernière année, celle du certif, qui n'en croit pas ses oreilles, faire passer un élève au lycée, c'est le rêve de tous les maîtres d'école de l'époque, leur nirvana, hosanna, hosanna! Sauf que Max, question études, c'est pas une épée. Qu'à cela ne tienne, monsieur Legrand va s'en occuper, et pas plus tard que tout de suite, « va t'asseoir, je te fais une dictée, après on fera de l'arithmétique, de la géographie et, en septembre, tu passeras l'examen d'entrée en quatrième au lycée Claude-Fauriel de Saint-Étienne. Un jour, toi aussi tu seras instituteur ».

Max réussit l'examen pour la plus grande fierté de monsieur Legrand qui se servira pendant des années de ce bel exemple pour motiver ses meilleurs élèves, ainsi que celle de son père qui se pavane au café Sainte-Barbe, un fiston au lycée, c'est pas rien, il paye sa tournée. Pour comble de bonheur, eu égard au salaire d'un mineur, Max bénéficie d'une bourse, il ne va rien coûter.

Le lycée Claude-Fauriel n'est pas fréquenté par les enfants de la bonne société bigote de Saint-Étienne, ceux-là vont chez les frères des écoles chrétiennes de Saint-Louis ou chez les jésuites de Saint-Michel. Les camarades de Max sont des enfants de commerçants, de profs, de cadres subalternes des usines, de la petite bourgeoisie. Ils toisent Max les premiers jours, un enfant de La Ricamarie! puis s'habituent.

Chaque matin, il prend le car à sept heures et c'est là qu'il fait la connaissance d'Ali.

Ali a un an de plus que Max, il est ouvrier dans une fabrique de casseroles, ne se mélange pas, il se méfie, par les temps qui courent on est suspicieux avec les Arabes, mais on l'emmerde pas, dans ce car personne n'est bien réveillé. Chaque matin, il s'assied à côté de Max, juste un « Salut, ça va ? », « Ça va, salut ». Il lit des romans, un Arabe qui lit des romans, c'est bizarre, mais si ça le botte, pourquoi pas. Max révise souvent son interro du jour. Et petit à petit ils se parlent, rien de très intime, des trucs sur l'usine, sur le lycée, pas vraiment des amis, pas encore, ils le deviendront quinze ans plus tard.

Max s'inscrit mollement au hand-ball, au club-photo qu'il abandonne au bout de trois séances, au ciné-club où il reste parce que c'est mixte, qu'il y a Monique, la fille que tous les garçons convoitent principalement parce qu'elle a des gros seins laiteux pour ce qu'on en aperçoit, ça bouscule leurs phéromones en surchauffe. Il y mettra deux ans mais, pour sa plus grande gloire, c'est lui qui enlèvera le morceau.

Il lui roula sa première pelle pendant un film suédois assez chiant qui s'appelait *Monika* en version française, il connaissait même le titre en V.O., *Sommaren med Monika.* Il se souvenait surtout de cette fille à poil qui allait se baigner dans la mer, il n'avait jamais vu de fille à poil au cinéma, pas frileuse la fille d'ailleurs, dans la mer là-haut on doit se les geler, bref, comme Monique s'appelait Monique, il lui donna le nom de la fille à poil, Monika, ça faisait moins cruche.

Max redouble la seconde, réussit le premier bac, abandonne le lycée en philo, il veut gagner de l'argent pour le claquer dans les bistros, acheter une deux-chevaux d'occase, un blue-jean, un bijou fantaisie pour la sainte Monique, il lui faut dégoter un petit boulot provisoire. Comme aucun patron n'engage des jeunes susceptibles de les lâcher à leur corps défendant pour aller suer en Algérie pendant deux ans, il répond à l'annonce d'un allumé, monsieur Michel, qui cherche un assistant-démonstrateur pour vendre une cireuse industrielle de son invention dans les bureaux des usines de la région. La machine pèse un âne mort, il faut la nettoyer, la trimballer dans la camionnette, la monter dans les étages, remplir un réservoir d'une cire liquide visqueuse, la brancher et, après que monsieur Michel en a fait l'apologie devant un aréopage de responsables du nettoyage dans un discours flamboyant, la mettre en route dans un boucan infernal, mais d'une efficacité impressionnante. Ils en vendent une demi-douzaine jusqu'au jour où, sans sommation, elle s'emballe, rue, pétarade, fonce sur les spectateurs, ratiboise les chaises, déglingue une table, défonce un meuble de casiers, et expire dans une infâme explosion, projetant sur les murs, les tentures et les hommes des jets de cire marronnasse. On les fout à la porte, Max perd son emploi et monsieur Michel se pend. Max devient livreur chez Nicolas puis magasinier à La Bonne Chaussure ; il n'achète pas de voiture et rentre dormir chez ses vieux. Dans le car, il retrouve Ali, « Salut, ça va la cireuse ? », « Ben là non, j'suis plus dans la cireuse, j'suis dans la chaussure ».

Et puis un jour, Ali disparaît, sans prévenir, comme ça.

Monique, désormais Monika, est fille d'un marchand de couleurs de la rue Jean-Jaurès, à Saint-Étienne. Elle étudie la sténodactylographie dans un cours catholique pour jeunes filles et a pour ambition de devenir secrétaire de direction dans une usine de la région. Elle se déplace sur le cyclomoteur Hirondelle de chez Manufrance. Comme ils n'ont pas d'endroit tranquille pour se tripoter, le dimanche aux beaux jours ils embarquent sur l'Hirondelle, lui au guidon, elle sur le porte-bagages, et derrière les terrils, qu'ici on appelle les crassiers, difficile de faire plus poétique, dans les champs au milieu de fleurs sauvages jaunes, ils étendent une couverture, mangent des cerises, boivent du vin. Il la déshabille, s'attarde avec émotion sur la fantasmagorique poitrine, la couvre de baisers, la caresse, la pétrit, elle n'est pas en reste, elle l'aime son Max, son Maxou, son canard, c'est comme ça les petits noms doux qu'elle lui donne – mais pas en public, il apprécie pas trop devant les potes, c'est réservé à l'intimité –, elle ouvre son pantalon, prend son sexe dans sa main, dans sa bouche, elle aime ça. Ils apprennent l'amour, ils font tout, presque tout, sauf qu'ils ne baisent pas, pourtant c'est pas l'envie qui leur manque, Monika reste ferme, elle est très attachée à son pucelage, terrorisée à l'idée d'annoncer à son père, un bourgeois bigot pas commode, qu'elle est enceinte, d'un fils de mineur sûrement communiste pour comble de malheur. L'infamie.

L'infamie ne se produira pas, car en décembre 1960, Max reçoit sa feuille d'incorporation dans une caserne de Lorraine où il fera ses classes avant de s'embarquer sept mois plus tard pour l'école militaire de Cherchell, en Algérie. Monika pleure, tremble, s'accroche à son cou, à ses cheveux, lui fait le bravache. Ils se promettent de s'écrire tous les jours.

Long baiser sur le quai de la gare de Saint-Étienne.

Mirabelle
Algérie, janvier 1962

Qu'est-ce qu'il s'emmerde ! Mais qu'est-ce qu'il s'emmerde. C'est pas Dieu permis de s'emmerder à ce point ! Max, sorti aspirant de l'école d'officier, est chef d'une section de vingt chasseurs alpins enfermés dans une tour de parpaings à surveiller la frontière de l'empire colonial en cours d'effondrement.

Sur les marches de l'est, face à la Tunisie, il ne se passe rien.

Pour tuer le temps, vu qu'il n'y a rien d'autre à tuer, ils n'ont pas grand-chose sous la main, se masturber ou tirer sur des lapins à la mitrailleuse. Ils peuvent écrire aussi, à leur fiancée, quand ils en ont une, mais pour dire quoi, qu'ils se masturbent et tirent sur des lapins ? Tu parles de héros ! De toute façon, il n'y a pas assez de lumière pour écrire et trop pour se masturber tranquille.

À Mirabelle, en janvier 1962, il fait un froid de gueux. Il y a trois cambuses équipées de lits Picot d'une saleté repoussante, maculés de taches de gras, de café, de pire, sur lesquels ils dorment tout habillés, enroulés dans des couvertures kaki, un poêle à pétrole, qui exsude plus de toxines que de calories, censé chauffer une atmosphère glacée, humide, qui pue le béton et, quand le vent souffle, les remugles de feuillées creusées à ciel ouvert. Ils descendent des litres d'une lavasse appelée café, allument une Troupe au mégot de la précédente, tapent la belote à la clarté de lampes aux mèches fumantes, avares de lumière. Au matin, ils sont relevés et vont s'écraser de sommeil dans un cantonnement boueux à trois kilomètres vers l'intérieur où ils s'ennuient presque autant que dans la tour. Pour rompre la monotonie, le capitaine, un brave type qui n'a pas inventé l'eau tiède, organise des « revues de détails »: la troupe se met debout devant son lit, pieds nus, les chaussettes et les chaussures à la main, les chaussures doivent briller, les chaussettes doivent être propres, les pieds lavés. La revue de détails, ça met un peu de piquant dans la vie du soldat.

La tour s'était appelée un temps Isabelle jusqu'à ce qu'un adjudant-chef rescapé d'Indochine se souvînt qu'à Diên Biên Phû, les sept points d'appui des défenses du camp retranché français portaient des noms de femmes. Il y avait Huguette, Béatrice, Gabrielle, Éliane, Anne-Marie, Claudine, et il y avait Isabelle. La hiérarchie militaire avait sans doute imaginé que les légionnaires du Tonkin, quitte à y passer, devaient préférer se trouver dans les bras d'Éliane plutôt que dans ceux de Raymond ou d'Émile. Dans le carnage de la cuvette indochinoise, le point d'appui Isabelle fut le dernier à succomber, quelques heures avant la reddition, au terme d'un combat acharné qui s'acheva à l'arme blanche. Pas un défenseur n'en réchappa. L'armée ne pouvait tout de même pas associer le nom d'une tour au rappel d'une si douloureuse défaite. On débaptisa Isabelle pour la rebaptiser Mirabelle.

Ce que des chasseurs alpins ont à faire ici, en rase campagne, dans une tour qui culmine à quatorze mètres d'altitude, ça fait partie des mystères de la stratégie militaire.

Outre un sergent-chef pas toujours frais niveau pinard, il y a une demi-douzaine de montagnards corses et savoyards, Max n'a rien contre les Corses ou les Savoyards mais ceux-là sont particulièrement bougons et taiseux. Et une douzaine de harkis.

Ça s'agite sur le toit de Mirabelle. Vers trois heures du matin, le projecteur a capté deux points rouges à une distance difficile à évaluer, mais certainement inférieure à trois cents mètres. Les points rouges demeurent fixes, il s'agit donc d'un animal, un gros animal, un sanglier ou un cervidé, un homme détournerait la tête tandis qu'une bête est hypnotisée par la lumière. Et que viendrait faire ici un homme ? Ses chances de survie n'excéderaient pas trois minutes.

Mirabelle faisait partie du plan Challe, qui consistait à priver le FLN de soutiens extérieurs, en Tunisie et au Maroc. En 1957, André Morice, ministre de la Défense nationale, fit ériger tout au long des deux frontières un barrage, la ligne Morice, qui, partant de la côte méditerranéenne, allait se perdre dans les sables du Sahara, plusieurs centaines de kilomètres au sud. Un fellagha qui aurait une envie soudaine de rentrer en Algérie pour déposer une bombe ou embrasser sa femme devrait traverser un no man's land d'une dizaine de kilomètres, de nuit puisque le jour l'aviation survolait la zone à basse altitude, balançant pour un oui pour un non un bidon de napalm sur tout ce qui bougeait, arrivé devant le barrage, il aurait à se frayer un chemin à travers un réseau de barbelés d'une cinquantaine de mètres de large qu'il devrait couper à la cisaille ou faire sauter, avant de s'attaquer à un champ de mines. S'il avait réussi à ne pas se faire exploser, il aurait alors à franchir une barrière de fil électrique de trois mètres de hauteur dans laquelle circulait un courant de cinq mille volts. S'il y parvenait, le plus dur serait fait, il ne lui resterait plus qu'à traverser un nouveau champ de mines, un autre réseau de barbelés, puis une route goudronnée sans cesse parcourue par des chars sur pneumatiques appelés Engins blindés de reconnaissance – parfois la cavalerie envoyait un couple de chars AMX 30, histoire de leur dérouiller un peu les chenilles –, et, enfin, à échapper aux mitrailleuses des tours et blockhaus qui se succédaient le long de la route. Parmi lesquels Mirabelle.

Les candidats au passage ne se bousculaient pas. Les troupes du FLN préféraient s'entraîner à marcher au pas en chantant des chants patriotiques bien au chaud en Tunisie. On les comprend. Seuls les lapins, les chacals et les porcs-épics, trop légers pour faire sauter les mines et assez bas sur pattes pour passer sous les barbelés, arrivaient à franchir le barrage.

Le projecteur, d'un diamètre de près d'un mètre, équipé d'une lampe de dix mille watts, balaye le no man's land sur deux kilomètres de large et sept à huit cents mètres de profondeur. Manipulé à mains d'homme, il est installé au sommet de la tour. L'inconvénient de ce projecteur, c'est qu'il permet à ceux d'en face de régler leurs tirs sur la tour. Même si ces tirs ne sont pas vraiment dangereux, ils évitent de l'allumer trop longtemps. Mais là, il y a du gibier ! Du gros ! Qui va améliorer l'ordinaire de la cantine !

La 12,7 entre en action et on peut suivre la trajectoire des projectiles grâce aux balles traçantes, une sur cinq, qui permettent au caporal-tireur d'ajuster son tir sur les yeux rouges. Qui ne cillent pas au bout d'une bande de cinquante cartouches. On arme une seconde bande.

Parce qu'il faut bien le dire, la bouffe dans ce bataillon est à tout point de vue dégueulasse. Alors un bout de viande fraîche, ça se refuse pas.

Mais pour l'heure, Max est bien embêté avec ces yeux rouges qui s'obstinent à rester grands ouverts alors que leur propriétaire est criblé de balles. La radio grésille déjà : « Mike India pour Papa Kilo, vous avez tiré, que se passe-t-il ? Besoin de soutien ? À vous ».

Le soutien, c'est une batterie d'artillerie lourde montée sur un promontoire à deux kilomètres en retrait. Abattre un sanglier avec un canon 155 modèle C Schneider serait très disproportionné, transformant en hachis le futur roast-beef, outre que cela vaudrait à Max bien des ennuis. Il répond qu'il a la situation en main, ayant réussi à repousser l'ennemi par ses propres moyens, relève le gisement des yeux rouges, fait éteindre le projecteur et désarmer la mitrailleuse. Ils franchiront le barrage le lendemain à l'aube pour aller voir de quoi il s'agit, en attendant, il va se coucher.

Au moment où ses paupières s'alourdissent, une main secoue son épaule. C'est un harki, les harkis on les appelle par leur prénom, les noms de famille sont trop compliqués, lui c'est Nabil, qui lui fait signe de chuchoter, il veut lui parler, déplie un bout de papier, un tract écrit en arabe et en français. Max le reconnaît tout de suite, la fin de la guerre approche, tout le monde le sait, c'est l'affaire de quelques mois, des tracts circulent parmi les Arabes, leur promettent la vie sauve s'ils désertent, rallient le FLN en Tunisie en apportant, pour preuve de leur patriotisme, une arme dérobée, fusil, pistolet-mitrailleur, FM. Égorger un soldat avant de partir, de préférence un gradé, serait un petit plus, c'est pas obligatoire, mais ils sont bien prévenus que s'ils restent avec les Français, lorsque l'Armée de libération nationale entrera en Algérie, ils devront s'attendre à de graves problèmes. « Que se passe-t-il, Nabil ? Tu veux m'égorger ? » Bien sûr, c'est une plaisanterie, Nabil est très doux, pas vraiment courageux, il secoue énergiquement la tête, là n'est pas du tout son intention. Ouf! Comme l'immense majorité des harkis, Nabil est un paysan, père d'une flopée d'enfants mal nourris, chassé de sa modeste mechta où il élevait quelques chèvres et cultivait un lopin de pois chiches. Il fut, comme tous les fellahs de la région, emmené avec toute sa famille dans un camp de regroupement et, comme nombre d'entre eux, il s'enrôla dans l'armée française pour quelques francs par jour, parvenant ainsi à nourrir tant bien que mal, et plutôt mal que bien, sa famille. Nabil se demande ce qu'il va devenir. Toutes sortes de bruits courent, il y en a qui sont certains d'être mis en sécurité en France, se voient déjà au volant d'une Peugeot, militaires dans une caserne, décorés, caporal peut-être s'ils apprennent à lire, ils feront venir leurs familles, bien logés, bien nourris, la France ne peut pas ne pas les remercier de s'être battus pour elle, « Tu y crois à ça, mon lieutenant? ». Max n'y croit pas trop, le lui chuchote, dans le noir, dans le froid. Et s'il désertait? Où irait-il? Comment traverser le barrage pour rejoindre l'ALN en Tunisie? Comment avoir confiance dans les tracts de l'ALN? « Ce n'est pas une très bonne idée, Nabil. »

Les plus optimistes ne peuvent pas imaginer que le FLN, des Algériens, vont tuer d'autres Algériens. Max incline vers cette opinion, ils seront au pire jetés en prison pour quelques mois, puis renvoyés dans leurs champs courir pieds nus après leurs chèvres, voire engagés dans la future armée algérienne. Max le rassure, il est sincère; six mois plus tard, il sera détrompé, mais ça sera trop tard pour Nabil, il y laissera sa peau.

À sept heures du matin, alors que se lève un pâle soleil d'hiver, Max demande par radio à la sous-station électrique qu'on coupe le courant sur la ligne afin d'aller voir sur place le résultat des tirs de la nuit.

Face à Mirabelle, une piste permet de franchir le barrage entre les mines et les barbelés. Il faut décrocher les fils électriques et, pour vérifier qu'à l'autre bout de la ligne on a bien actionné le disjoncteur, on doit jeter une chaîne d'acier dessus. Soit il ne se passe rien et on peut traverser, soit les fils se mettent en court-circuit et des éclairs de cinq mille volts vous pètent à la gueule. Il faut veiller à ne pas garder un bout de la chaîne dans la main, au cas où le gus à la sous-station aurait foiré son coup, sinon c'est transformation immédiate en barbecue.

À huit heures, le GMC se range sur la piste devant le barrage. Max jette la chaîne sur les fils électriques; pas de court-circuit, il les détache et la section entre dans le no man's land vers l'endroit où doit se trouver le gibier. Le terrain est sablonneux, plein de creux et de bosses couverts d'arbustes agressifs, les hommes se déploient comme pour un ratissage, sans grand espoir de retrouver l'animal, ou il a réussi à se sauver, ou il est mort, déjà dévoré par les chacals. Max ne souhaite pas prendre le risque de s'éloigner trop, il peut y avoir quelque tireur embusqué, il décide de décrire un large cercle avant de s'en retourner vers les camions. C'est là qu'ils le voient, en contrejour devant un soleil orange, splendide.

C'est un cerf. Un dix-cors, d'après ce qu'il apprendra un peu plus tard. Il est de profil, la tête tournée vers les soldats, immobile.

Comment se peut-il qu'il soit encore debout, il a passé toute la nuit là, transpercé de balles de mitrailleuse? Lentement, Max s'avance vers lui. C'est un animal magnifique qui le regarde d'un air doux, ses cuisses sont agitées de tremblements, les balles n'ont, semble-t-il, atteint aucun point vital, elles l'ont sans doute paralysé en touchant sa colonne vertébrale. Max est à un mètre de lui, il doit l'abattre. Il enclenche un chargeur dans sa carabine, épaule et tire, à bout portant, entre les yeux qui le fixent, tendres, humides, est-il possible qu'il pleure? Un flot de sang jaillit, très rouge, le cerf s'effondre au ralenti, ses pattes s'agitent un instant puis tout s'arrête. Max n'est pas fier de lui.

Les hommes nouent une corde entre les tendons et l'os de ses pattes postérieures, il pèse au moins deux cents kilos, il faut bien une dizaine de harkis pour le hâler à travers les épineux. Il laisse derrière lui une traînée de chair et de sang dont vont se repaître les chacals et les insectes, ses bois s'accrochent aux racines, sa robe fauve se macule de terre, ce n'est plus un animal, c'est de la viande.

Ils n'ont pas fait une très bonne opération. Ils n'ont pas pensé à lui couper les testicules, les toxines se sont répandues dans sa chair, la rendant aigre et puante. Et de toute façon, un dix-cors ne se mange pas, sa viande est trop dure, on suspend sa tête empaillée au mur d'un campement de chasse, et là ça s'appelle un trophée. Ils l'ont donné au camp de regroupement où il a été dévoré, il n'en est pas resté un morceau. « Je ne sais pas comment ils ont fait avec leurs dents gâtées, à certains il ne reste que deux ou trois chicots jaunâtres », dit le capitaine.

Ce cerf avait un peu trompé leur ennui et calmé la faim des habitants du camp.

Guy
Saint-Étienne, décembre 2000

Guy se détend dans son lit, il est content de voir son frère. Il gère tant bien que mal sa silicose, en réalité son cancer pulmonaire, mais il ne le sait pas. Trois fois par semaine, Max vient le voir, pour bavarder, se souvenir du bon vieux temps, comme si le temps avait été bon, quelle blague.

L'Algérie, ça l'avait marqué, Guy, il en parlait tout le temps, c'était ses plus belles années. Pas difficile vu la vie de merde qu'il avait vécue ensuite.

« Y avait des gus de la 13e DBLE, c'était la Légion étrangère, qui avaient perdu un caporal derrière le barrage électrique, ils s'en étaient aperçus en revenant à leur cantonnement après un ratissage de nuit où ils avaient accroché. Moi, à ce moment j'étais au 3e RPIMa, on nous appelait les Marsoins, le RPIMa c'était les commandos de marine, c'était peut-être pour ça. D'un autre côté, à part la traversée, on n'est jamais montés sur un bateau. »

Guy était en Algérie entre novembre 1956 et août 1959, presque trois ans, trois ans d'une vie c'est long. Il avait devancé l'appel à dix-huit ans, Mario pensait que l'armée lui mettrait un peu de plomb dans la tête, c'est vrai qu'il était cabochard, mal embouché, il s'énervait facilement, avait le coup de poing facile, à l'école il avait jamais foutu grand-chose, raté son certif, alors on l'avait mis en apprentissage dans une serrurerie industrielle, filiale des Houillères, mais lui n'avait qu'une idée, descendre à la mine, le plus beau des métiers, seulement voilà, pour descendre à la mine il fallait avoir dix-huit ans. Comme il voulait voir du pays, on l'envoya en Algérie après quatre mois de classes en Allemagne, à Tübingen, dans la cavalerie. Il ne connaissait en matière de chevaux que les noirs qui tractaient les corbillards ou les pommelés qui livraient le charbon dans la cité. Dans la cavalerie, il ne vit jamais l'ombre d'un cheval. Le salaire quotidien d'un soldat à la guerre était de trente-trois centimes de l'époque, aujourd'hui ce que coûte une demi-baguette de pain, le prix du sang était mal payé au prétexte qu'il ne s'agissait pas d'une guerre mais d'une « opération de simple police ». Pour ce qui était des avantages en nature, il touchait quatorze paquets de cigarettes chaque mois, des Troupe, du noir bien râpeux sous-produit des Gauloises bleues, du vin rouge à volonté, de la bière 33 Export à trois francs six sous au foyer du soldat.

À son retour, il est descendu au fond, a épousé sa fiancée enceinte de six mois, dans le local du comité d'entreprise des Houillères, vin blanc, merguez, accordéon, chansons à boire, à minuit ivre mort, le lendemain il ne se souvenait de rien, pas même de son mariage. Comme il n'y avait plus de pavillons libres dans la cité, on leur trouva un logement provisoire dans un immeuble en voie d'insalubrité plein de familles de mineurs maghrébins, et comme il aimait pas trop les Arabes – ils lui avaient pourri la vie là-bas, en Algérie –, les relations de voisinage furent compliquées. Il y resta deux ans puis on le logea dans la cité-jardin les Mimosas, un joli mot pour décrire des maisons en brique serrées les unes contre les autres, fumant le charbon, nanties d'un jardin potager de soixante mètres carrés qu'il cultiva pendant deux ou trois ans et finit par laisser en friche, y entassant tout un tas de débris, « ça peut toujours servir ». Ça ne servit jamais à rien.

Quand, au bout de vingt ans au fond, silicosé à trente pour cent, on le remonta, c'est la loi, on le mit « à l'air », façon de parler, l'air sur le carreau n'était pas beaucoup plus pur qu'au fond. Comme il n'était bon qu'à abattre du charbon, on lui trouva un petit boulot dans les couloirs, il poussait un chariot pour livrer le courrier dans les services, il foutait pas grand-chose, s'ennuyait, regrettait la taille, le marteau-piqueur pneumatique, la camaraderie, la salle des pendus, tout l'imaginaire de la mine. Monsieur l'Ingénieur l'engagea un temps comme jardinier dans sa belle maison, il aimait bien, surtout passer la tondeuse, les moteurs ça le bottait.

Petit à petit les puits fermaient, la mine allait disparaître, aucun de ses enfants n'y descendrait, bientôt on ne trouva plus de boulot dans le bassin, les jeunes désertèrent Saint-Étienne. Guy, qui n'avait aucune formation, se retrouva au chômage, puis manœuvre dans des usines qui fermèrent à leur tour, puis plus rien, juste le bistro, la gnôle, sa femme buvait aussi, mais seulement à la maison. À cinquante-cinq ans, il toucha sa retraite.

Aujourd'hui, à soixante-deux ans, il marine dans sa sueur, dans des draps pas bien propres, il débouche une bière de temps en temps, fume clope sur clope, ressasse ses souvenirs d'Algérie, au soleil, à crapahuter dans les djebels, à défourailler, à se torcher au foyer, à dessouder des bougnoules, cette armée pingre qui lui verse pour prix du sang sept cents euros par an, cette Algérie qui l'a bien démoli, mais cette Algérie qu'il a aimée malgré tout.

Max est parti deux ans après son retour.

C'était quoi à ce moment-là, un soldat ?

Un homme jeune, tout juste sorti de l'adolescence, vingt ans, parfois moins, il ne connaissait rien à la politique, d'ailleurs interdite dans les établissements scolaires, même dans les facs, il n'avait pas le droit de vote, devait obtempérer, s'en aller faire une guerre sans qu'on lui ait demandé son avis, il se sentait méprisé, chair à canon. « La force principale des armées étant la discipline », il importait donc de la fermer et « d'obéir sans hésitation ni murmure », pas droit au murmure, un simple petit murmure et vlan, c'était la taule. Des gens très importants s'occupaient de la marche du pays, députés, sénateurs, ministres, colonels, patrons, mais aussi leurs propres pères il faut bien le dire. « Allez à la guerre défendre l'empire, disaient-ils tous ; cette guerre est juste puisque nous l'avons votée, battez-vous comme des lions, nous nous occuperons du reste, bien au chaud dans la mère-patrie. Éventuellement, si la guerre peut nous procurer un petit bizness bien juteux, ventes d'armes, de chaussures, d'uniformes, de barbelés, de pinard, de patates, bref de tout le confort du soldat, pourquoi se priver si c'est pour la victoire finale ? »

C'est comme ça qu'il voyait les choses à dix-huit ans, Max. Son vrai prénom, c'était Maximilien, en hommage à Robespierre, ça prédispose quand même un peu à être révolutionnaire.

Il y avait des âmes pures, des idéalistes, des intellectuels, des Parisiens, qui pensaient que cette guerre était injuste et que les Algériens avaient droit à un pays libre, ils s'étaient engagés, aidaient le FLN en lui fournissant argent et armes, on les appelait les porteurs de valises. Sauf que ces armes servaient à quoi ? À tuer les soldats, c'est-à-dire Max, Guy, les troufions. D'autres, qui avaient passé l'âge de guerroyer ou en étaient dispensés de par leur sexe, faible donc, exhortaient la jeunesse à refuser d'aller en Algérie et à déserter. Ils avaient publié en 1960 un libelle, le Manifeste des 121.

On raconte que la grande Simone Signoret aurait hésité longuement avant de signer ce texte, craignant des représailles pour sa carrière à la télévision. Mais enfin, courageusement elle l'avait signé et sa carrière n'en fut pas affectée.

Ceux qui désertaient étaient passibles du conseil de guerre, devaient choisir entre aller en prison ou quitter la France, partir finir leurs jours à l'étranger, ce qui n'est pas si joyeux. Max a retrouvé dix ans après la fin de la guerre un condisciple du lycée, couvert de diplômes, qui avait dû passer huit ans à Genève en sandales plastique et survêtement à entretenir une piscine municipale. Et les Suisses, qui aiment l'ordre, n'appréciaient pas beaucoup ces déserteurs. Gracié en 1968 en même temps que les débris de l'OAS, il est rentré en héros en France. Gloire qui ne dura qu'une poignée de jours, il eut un mal de chien à trouver un emploi, les patrons se méfient de ce genre de gauchiste.

Guy poursuit l'histoire du caporal perdu.

« Nous avions embarqué de nuit dans des Zodiac, débarqué derrière le barrage électrique, en Tunisie. Le camp des fels avait été repéré par l'aviation, et nous avons attendu le petit jour pour nous mettre en marche, à la boussole. Nous leur sommes tombés dessus vers dix heures du mat'. Les salopards avaient décapité le pauvre gus et jouaient au foot avec sa tête en rigolant comme des bossus. On n'a pas fait dans la dentelle, on était enragés, on a défouraillé dans le tas au fusil-mitrailleur, ils ont même pas eu le temps de répliquer, on a achevé les blessés d'une rafale de PM et on est repartis en emportant la tête du légionnaire dans un sac de paquetage. Pas belle à voir la tête ! On n'a pas réussi à mettre la main sur le reste, je veux dire sur le tronc. »

Dans ces années-là, la guerre était très dure, la démence des deux côtés.

En 1958, de Gaulle prit le pouvoir, c'était au mois de mai et sur la télé noir et blanc capricieuse, Max découvrait en image dédoublée – les récepteurs étant loin d'être aussi performants qu'aujourd'hui –, cet homme dont il avait vaguement entendu parler, et qui suscita chez lui un grand espoir puisqu'il se faisait fort de mettre un terme à la guerre et, par conséquent, de lui éviter d'y aller. Les cadres de l'armée le suivaient comme un seul homme, de Gaulle avait bien compris les pieds-noirs, les wilayas allaient se rendre les unes après les autres, la paix était imminente, l'Algérie allait rester française moyennant quelques concessions aux conditions de vie des indigènes, tout le monde était d'accord, la guerre était finie.

Quatre ans plus tard, et une centaine de milliers de morts supplémentaires, on y était toujours.

De Gaulle devint à lui tout seul la synthèse d'un trio que les jeunes supportaient de plus en plus mal : le Père, qui envoyait sans barguigner ses fils se faire tuer à la guerre, qui en était très fier, lui-même ayant en son temps combattu, poussé lui aussi par son père ; le Patron, de droit divin, devant lequel ils devaient révérencieusement ôter leur béret ; et, bien sûr, le Général, le « père du régiment », qui avait droit de vie ou de mort sur ses troupes sans que lui-même risquât sa peau. A-t-on jamais vu un général mourir à la guerre ? À ces trois-là, ils devaient obéissance et respect.

Un beau jour, pourtant, Max crut qu'il y échapperait pour de bon, les ennemis rassemblés à Melun, un bled de la banlieue parisienne, commençaient à se mettre d'accord. Et puis, pour une obscure histoire de gaz que chacun voulait garder, ils se fâchèrent et chacun s'en retourna chez soi.

La guerre reprit de plus belle et son appel sous les drapeaux devint inéluctable.

Quand il arrive en Algérie, la guerre est finie, sur le terrain en tout cas. Gagnée. Il ne reste sur le sol algérien qu'une poignée de fellaghas, les troupes du FLN, appelées l'Armée de libération nationale, apprennent à marcher au pas en Tunisie en se gardant bien de franchir la frontière, d'ailleurs infranchissable. La balle est dans le camp du politique. Les ennemis se rencontrent à nouveau à Évian, où ils mettent un peu d'eau dans leur gaz. Les appelés se frottent les mains, s'imaginent déjà regagner leurs pénates métropolitains. En revanche, les militaires de carrière font grise mine, peu enchantés à l'idée d'aller traîner leurs guêtres dans de tristes casernes, se sentant injustement punis en ayant pourtant bien fait le boulot, malgré quelques maladresses, tortures, destructions, massacres divers et variés, dommages collatéraux, simples bavures. Quant aux pieds-noirs, la peur au ventre des lendemains qui ne vont pas chanter juste les rend agressifs, ils en veulent au monde entier, au contingent en particulier.

On sent que la fin est proche mais qu'elle sera difficile.

Guy tire sur sa clope. Il conclut.

« J'aurais pas aimé être à la place des parents du pauvre caporal quand ils ont reçu la tête de leur fiston dans un carton kaki ! »

« Tu vas revenir, Max ? » Bien sûr qu'il va revenir, il l'aime bien son frère, il n'en a plus pour longtemps, il fume ses dernières cigarettes, il va l'accompagner. Jusqu'au trou.

Vaguemestre 1
Saint-Étienne, janvier 1962

Samedi

Mon Canard,

Tu vas pas le croire ! J'ai trouvé un travail, j'ai commencé lundi. Je vais te raconter comment ça s'est passé. Tu sais que mes parents sont copains, enfin copains, c'est beaucoup dire, ils se voient à la messe le dimanche avec monsieur Marchand, le directeur du personnel de Manufrance, bref à la pâtisserie ils se sont rencontrés dans la queue, il y avait un monde fou. Ma mère a dit à monsieur Marchand que j'avais fini mes études de sténodactylo chez les bonnes sœurs et que j'étais disponible. Monsieur Marchand lui a dit que je devais venir le voir, et hier je me suis pointée dans son bureau, t'imagines pas le bureau, tout en métal, bon c'est normal chez Manufrance, avec des maquettes de motos, de cyclomoteurs. Je m'étais habillée en parfaite secrétaire avec ma jupe droite serrée, la verte, celle que tu trouves trop longue, un chemisier vert aussi et dessous mon soutien-gorge noir, le Lejaby, celui que tu aimes bien, que tu aimes surtout enlever (je rougis !). Il m'a posé quelques questions du genre es-tu une bonne chrétienne ? Il avait l'air d'y tenir beaucoup, j'ai dit oui, bien sûr ! Et tu vois, espèce de mécréant, pour trouver du travail, être catho, ça aide : il m'a immédiatement engagée. Je suis dans un bureau avec trois autres secrétaires. On doit taper à la machine toutes sortes de lettres que nous dictent les chefs de service, et ils sont nombreux. Ils nous appellent dans leurs bureaux et on doit prendre leur courrier en sténo. Je me débrouille plutôt bien, je suis très demandée, je crois que c'est pas seulement pour mes talents mais que mon Lejaby fait son effet. Tu verrais comme ils louchent sur mes seins ! Il y en a un, Roger, assez mignon, il est à l'expédition pièces détachées, il envoie beaucoup de courrier, pour l'exciter je laisse exprès un bouton de mon chemisier ouvert et je croise mes jambes, ce qui fait qu'il a une double vue imprenable. Je fais sagement le boulot, et le regarde de temps en temps en battant des paupières, effet immédiat, il bafouille, il rougit, il est chou. Ça m'amuse. Je crois qu'ils sont contents de moi. Les autres secrétaires sont des vieilles biques d'au moins trente ans qui cancanent toute la sainte journée, parlent de leurs mômes, de leur mari, mais je vois bien qu'elles sont jalouses et qu'elles se taperaient bien Roger. Le pauvre est marié avec une mocheté désagréable et plate comme une limande qui travaille à l'emballage. C'est dingue ce que les hommes aiment les gros seins, parfois c'est même gênant.

Comme tu m'as demandé dans ta dernière lettre de te dire des trucs olé-olé, mais c'est pas si facile, je vais essayer. C'est vrai que c'était bon quand on allait s'embrasser et bien plus dans les prés, le soir quand j'y pense, dans mon lit, je me caresse. Tous les soirs, en fait. Quand je jouis (hou là là, je rougis !), je pense à toi et à tes mains sur tout mon corps.

Allez, je vais me coucher, et tu sais ce que je vais faire dans mon petit lit maintenant.

Je t'embrasse partout, mon Canard adoré, et quand je dis partout, c'est partout.

Ta Monika pour toujours.

P.-S. Minou, qui ronronne sur mes cuisses, te fait le plein de caresses.

Mardi

Mon Canard,

Je t'envoie juste ce petit mot rapide parce qu'en réalité il ne s'est pas passé grand-chose ici, Saint-Étienne c'est pas Las Vegas.

Dimanche, je me suis encore crêpé le chignon avec ma conne de sœur pour une histoire idiote de séchoir à cheveux, je te raconte pas c'est sans intérêt, mais elle m'énerve à un point ! Et on a tiré les rois avec ma famille, on était une dizaine et j'ai bien vu que c'est ma mère qui a trouvé la fève et qu'elle l'a discrètement fourrée dans la tranche de galette de Mémé pour lui faire plaisir. Mémé a failli casser son dentier mais elle était quand même ravie d'être la reine, c'est pas souvent qu'elle est reine, et comme elle m'adore, elle m'a choisie comme roi. Je l'adore aussi bien qu'elle perde un peu la boule, c'est trop triste. Je lui ai fait plein de bisous sur ses cheveux blancs.

Voilà, c'est tout.

J'espère que tu ne t'ennuies pas trop dans ta tour à attendre les ennemis. Ici, on dit que la guerre va finir bientôt, que tu vas vite revenir et me serrer dans tes bras.

Je t'aime, mon Canard adoré.

Ta Monika.

Vendredi

Mon Canard coquin,

Alors là, tu as vraiment tort de te faire du souci, ce Roger me fait aucun effet. Il est gentil et mignon, mais ça s'arrête là. Sans compter que sa maigrichonne de femme me surveille du coin de l'œil. Ça me fait bien rire. T'inquiète mon Maxou, zéro risque, je n'aime et n'aimerai toute ma vie que mon Canard.

Quand j'ai touché ma première semaine de paye, c'est bête mais j'étais tout émue quand j'ai ouvert l'enveloppe avec les billets et le bulletin de salaire. J'ai aussitôt été en claquer la moitié, j'ai acheté des chaussures et une culotte que tu vas adorer. Elle est blanche avec des broderies parme, j'ai hâte que tu me l'enlèves.

Dans ta lettre, je te sens très très chaud. J'imagine qu'il ne doit pas y avoir beaucoup d'occasion de rencontrer des filles dans ton djebel. Ça me rassure, tu vas me rester fidèle. Et toc ! J'aime bien que tu me racontes tes idées cochonnes, ça me titille. D'ailleurs à ce sujet j'ai une très bonne nouvelle : j'ai pris ma décision. Tu devines ? J'ai décidé qu'à ta prochaine permission on le fera. Tu pourras tout prendre, tout ! Et tant mieux si on fait un bébé. Comme ça on se mariera. T'es content, mon Canard ?

En attendant, je me débrouille toute seule et comme tu veux du *hot*, voilà comment je m'y prends : je me couche sans culotte sur le dos avec Minou qui ronronne sur mon ventre, si doux si chaud, et là je caresse mon minou, l'autre. Je ferme les yeux et je nous revois dans les champs avec des fleurs tout autour. La dernière fois, Minou m'a enfoncé ses griffes, tu le crois ça m'a excitée ? Tu penses que je suis masochiste ?

Au fait, c'est quoi cette histoire de changement de compagnie ? T'en as marre de ta tour ? C'est quoi une compagnie commando ? Rien que le nom ça me fait peur. Tu vas aller te battre ?

Avec des parachutistes ou la Légion étrangère ? C'est dangereux ? Sois prudent, je veux te récupérer intact, je veux pas qu'il manque des morceaux.

Ce soir, je sors avec les copines, on va enterrer la vie de jeune fille de Marie-France, ça s'est un peu précipité vu l'état de son ventre. Cela dit on n'aime pas beaucoup son « fiancé », c'est un gros plouc. Enfin, elle a pas le choix. Nous, on a de la chance, on s'aime, mon Maxou.

Écris-moi vite pour me raconter tes exploits de commando, mon vaillant soldat !

Je t'adore.

Monika

P.-S. En fait, ça me plaît pas mal cette histoire de commando, je vais pouvoir crâner avec les copines. Reste prudent quand même, mon héros.

Mardi

Hou hou, mon Canard héroïque.

Que se passe-t-il ? J'ai plus de nouvelles depuis dix jours. Bon je comprends, tu me dis que vous êtes en opération, en ratissage, en embuscade, c'est bien joli mais il faut pas que tu en profites, espèce de paresseux, pour plus m'écrire. Je t'imagine dans les djebels en train de pourchasser les ennemis, mais à ce que j'entends dire ici, des ennemis y en a plus beaucoup vu que la paix est imminente, c'est la pire des morts que d'être le dernier mort d'une guerre.

Ici, il fait moins quinze degrés, même au bureau on se les gèle, je tape avec des mitaines, la femme de Roger a la grippe, elle sue au fond de son lit, du coup ce con s'est cru obligé de me faire des avances, tu imagines bien que je l'ai envoyé paître, le pauvre il est tout confus, il me fait un peu pitié avec sa rombière grippée et ses quatre gosses à torcher.

Bon, écris-moi vite mon Maxou.

Ta Monika adorée.

Samedi

Là, je suis très inquiète, ça fait deux semaines que je suis sans nouvelles de toi. Je suis passée voir tes parents, ils n'en ont pas plus mais ils ne s'affolent pas, tu ne leur écris jamais. S'il t'était arrivé quelque chose de grave, on le saurait, donc il se passe juste quelque chose, mais quoi ?

Mon amour, je t'en supplie, écris-moi. Vite.

Je t'aime.

Ta Monika pour toujours.

PUNAISE
Algérie, février 1962

PENDANT LA GRANDE GUERRE, un certain colonel Yves Picot inventa, ou donna son nom, les historiens se disputent sur ce détail crucial, à un lit de camp qui connut et connaît encore aujourd'hui un succès planétaire : le lit Picot.

Tout le monde le sait, les plus grands soldats ont passé leurs nuits sur des lits de camp. En temps de paix comme en temps de guerre. Napoléon, après quelques heures passées dans les divans profonds pleins d'odeurs légères de Joséphine, allait finir ses nuits sur un lit de camp. On le dit aussi, mais là-dessus on manque de témoignages fiables, pour Jules César, Attila, Gengis Khan, Alexandre le Grand, le maréchal Rommel ou le camarade-président-assassiné du Burkina Faso, le capitaine Sankara.

Et Max.

Le lit Picot est un lit pliant très astucieux fait de tasseaux de bois sur lesquels est tendue une solide toile beigeasse. Toute l'armée française en Algérie a dormi dessus, s'adonnant aux deux seuls et uniques rêves du soldat : la quille-bordel et le sexe, la première ouvrant les cuisses du second. Le lit Picot présente pourtant un inconvénient : la toile se détend en quelques nuits, se déforme en creux profonds inconfortables. Mais ce bon vieux colonel Picot avait bien gambergé les choses, il suffit d'y balancer un seau d'eau le matin pour que le soir, après avoir séché au soleil toute la journée, les fils de la toile se retendent et que le lit retrouve sa fière allure.

N'en pouvant plus de sa tour Mirabelle, Max a réussi à se faire muter dans la 4e compagnie du 11e bataillon de chasseurs alpins, où il passe le plus clair de son temps allongé sur son lit, à contempler un couple d'hirondelles en train de cimenter son nid au plafond. De temps en temps, puisque cette 4e compagnie est dite compagnie commando, le capitaine déclenche une opération ratissage ou une embuscade, rien de bien méchant, ça fait faire un peu d'exercice. Un militaire, quand les combats ne font pas rage, a assez peu de responsabilités, s'emmerde pas mal, et pour le moment, Max n'a qu'un souci, la toile rêche et usée de son lit Picot lui provoque des démangeaisons désagréables et des rougeurs inesthétiques sur tout le corps, pas bien grave mais quand même embêtant.

En dehors du lit de camp gratouilleur, la 4e compagnie est plutôt bien lotie, à quelques centaines de mètres d'un gros bourg de colons baptisé Blandan en hommage à un sergent qui, mortellement blessé au combat à Boufarik en 1842, expira dans les bras de son colonel. La légende veut que ledit colonel décrochât de sa vareuse sa propre légion d'honneur pour l'épingler sur le torse sanguinolent du sergent expirant qui n'en mourût pas moins, mais fier.

En ces temps d'incertitude, les ponts sont coupés entre les militaires appelés et les pieds-noirs, ceux-ci accusant ceux-là d'être d'abominables tenants de l'indépendance – ce qui est vrai –, tandis que les bidasses en veulent aux pieds-noirs de leur faire passer de longs mois dans les djebels à risquer leur peau, loin de chez eux, les tenant pour responsables de cette guerre en raison de leur supposé racisme et de leur incapacité à intégrer la population indigène.

Le cantonnement est simple mais confortable, chaque chef de section a sa chambre avec un lavabo, une douche commune pour les gradés, dont fait partie Max. Le mess, que sur les champs de bataille on appelle la « popote », est chaleureux, il y a une salle à manger pour les officiers, une autre pour les sous-officiers, et un bar bien fourni où règne un barman du contingent, obsédé sexuel fou de sa fiancée. Essuyant les verres, il ne cesse de conter dans son accent de Carcassonne ce qu'il va lui faire subir dès qu'il posera son paquetage, et ça sera chaud, elle ne s'ennuiera pas la pauvrette. Les sergents sont logés dans des chambres à quatre lits et la troupe dans des dortoirs. Il y a un grand foyer du soldat où la bière 33 Export coule chaque soir à flots, de vingt heures à vingt-deux heures. Les bâtiments sont construits de part et d'autre d'une route qui mène à la ville de Bône, aujourd'hui Annaba, à une cinquantaine de kilomètres à l'ouest, et à une dizaine de kilomètres à l'est vers le barrage électrique. Un réseau de barbelés les sépare du camp de regroupement du lac des Oiseaux. S'il y a vraiment un lac, très beau, et au-delà, la mer somptueuse, le camp n'a de plaisant que son nom. Il est administré par une SAS, Section administrative spéciale, un repaire de communistes, dit le capitaine, dont les bâtiments jouxtent ceux de la petite garnison.

Dès son arrivée, Max sympathise avec un médecin-aspirant, interne dans le civil, qui dirige la PMI du camp de regroupement et que tout le monde appelle Doc. Le lendemain, le médecin lui fait visiter les installations, le présente aux « communistes », à savoir deux instituteurs appelés – Max apprendra plus tard que le capitaine a raison, ils sont effectivement communistes –, une infirmière-sage-femme, Zohra, et une aide-soignante, Leila. Une centaine d'enfants fréquentent l'école, Doc soigne comme il peut les militaires ainsi que les deux ou trois mille habitants du camp, Zohra et Leila s'occupent des mères et des enfants avec compétence et autorité. Zohra n'est pas vraiment jolie, grande, brune, vingt-cinq ans, un peu masculine, très intelligente, ambitieuse, elle vient de Constantine où son père est préparateur en pharmacie. Elle a fait ses études dans un pensionnat religieux catholique, puis à l'hôpital civil où elle soignait les enfants des pieds-noirs avant de se faire embaucher par l'armée, au Lac des Oiseaux. Leila, petite dernière d'une fratrie de dix enfants, vient de Blandan. À quinze ans, elle a été adjointe à Zohra qui l'a formée comme aide-soignante. Elle est là depuis un an à l'arrivée de Max. C'est une toute jeune fille, qui n'a pas fini de pousser, avec une peau caramel et une odeur de pain d'épice, des seins petits cloués sous les clavicules, des yeux sombres, des cheveux bouclés noirs et des éclats de dents étincelantes. Leila est un rayon de soleil pour tous les soldats sans que jamais, au grand jamais, l'un d'eux n'ait eu un geste ou une parole déplacés à son égard.

Max devient vite très ami avec ces gens de la SAS, ils ont de longues discussions sur l'avenir de l'Algérie indépendante que les instituteurs voient comme la première République démocratique populaire arabe. Sitôt les Français partis, les Soviétiques débarqueront pour venir au secours d'un peuple opprimé mais libéré. Doc tire sur sa pipe, dubitatif, les infirmières n'ont pas d'opinion mais sont inquiètes.

Un dimanche, elles invitent Max à déjeuner.

Elles habitent une maisonnette de parpaings peints en blanc à l'intérieur du camp de regroupement, simple et propre, deux petites chambres et une cuisine. Les gens les aiment bien, elles ont de l'instruction, soignent bien les mères et les petits enfants, sont souvent sollicitées comme écrivains publics. Tout le monde sait que des fellaghas viennent parfois la nuit se ravitailler dans le camp, s'y reposer avant de repartir dans les djebels. Le matin, on retrouve les barbelés coupés à la cisaille, on rafistole à la va-vite, on s'en fout pas mal. Travaillant avec l'armée française, elles n'ont pourtant jamais craint les représailles du FLN, ne ferment pas leur porte à clef et dorment sur leurs deux oreilles.

Avant le déjeuner, il est présenté au bachaga, le chef du village, puis aux chibanis, « cheveux blancs » en arabe, les vieux sages. Ils arborent tous des poitrines couvertes de médailles, glanées dans les tranchées en 14-18 ou pendant la campagne d'Italie en 1944. Max les adore aussitôt, ils sont hospitaliers et sentimentaux. Il embrasse des femmes tatouées au henné, des enfants catarrheux au nez dégoulinant de chandelles de morve, c'est l'hiver, au printemps ça ira mieux, dépenaillés, la boule à zéro, la faute aux poux, pieds nus dans la poussière ou dans la boue, insolents et joyeux.

La vie est dure dans le camp. Dans la journée, les paysans vont cultiver de maigres champs de pois chiches, de maïs, faire paître leurs bêtes. Dès la nuit tombée, il ne doit plus y avoir âme qui vive hors des barbelés, les bergers rentrent ânes, chèvres et moutons, les femmes de lourds fagots qu'elles portent sur la tête, un enfant dans le ventre, un autre sur la hanche et trois dans les jupes.

Il n'y a pas grand-chose à manger en ce mois de février, les greniers sont vides et rien ne pousse encore dans les champs. Pourtant, une veuve voilée de blanc leur sert un couscous au mouton et aux légumes de saison, du chou, des navets, des carottes, et aussi des citrons confits, la harissa lui emporte la gueule, les gâteaux au miel sauvage en apaisent le feu. « Tu es l'hôte de Dieu », dit-elle en lui baisant la main. Il rougit, gêné.

Il n'y a pas de fourchette, encore moins de couteau, le couscous se mange avec les doigts. Après le repas, en sirotant un thé à la menthe, Zohra distribue les restes aux enfants curieux qui les ont observés en piaillant par la fenêtre ouverte, ils sont engloutis en quelques secondes, pas un grain de semoule ne reste dans le plat. Une meute de chiens maigres dont les mères ont, c'est sûr, fauté avec des chacals, se disputent les os.

En fin d'après-midi, une jeep et un camion de l'Action psychologique pénètrent dans le camp à grands coups de klaxon et de musique militaire. Tandis que les hommes déchargent des sacs de semoule chez le bachaga, un adjudant arabe dispense sans trop y croire, à l'aide d'un haut-parleur, un discours sur la France généreuse, surtout en semoule, alors que le cruel et avare FLN, et cætera. Ses phrases, crachouillées par le haut-parleur asthmatique au larsen assassin, sont incompréhensibles. Les paysans, tous berbères, n'en saisissent pas un traître mot, mais écoutent poliment pendant que les hommes du bachaga distribuent la semoule. À la fin de la répartition et du discours, l'Action psychologique rebalance dix minutes de musique arabe et s'en va vers d'autres camps de regroupement.

Zohra a un plan pour son avenir, elle manque autant de confiance dans l'humanité des troupes de l'ALN que dans les bonnes intentions des frères soviétiques. Leila n'est pas dans son plan. Max ne peut en savoir plus. Comme il se gratte furieusement, elles le mettent torse nu, auscultent sa poitrine, son dos, ses aisselles, ses rougeurs. Le toubib lui a donné une pommade totalement inefficace. Elles pouffent et, telles des sorcières de conte de fées, abracadabra, lui ordonnent de retourner son lit Picot, de l'observer avec attention et qu'ainsi il guérira.

Il est bien avec ces jeunes filles, ces enfants qui l'observent par la fenêtre, dégourdis aux yeux clairs, elles les connaissent tous, disent que beaucoup d'entre eux se débrouillent en faisant des choses pas bien nettes, sans préciser quoi. La lumière décline, les feux odorants crépitent dans les misérables cabanes de branchage, de paille, de sacs plastique, le chant du muezzin appelle à la prière, on allume les lampes à pétrole. Allongé sur un tapis, Max fume une Troupe en sirotant du thé, s'alanguit dans l'Orient mystérieux, que la guerre est jolie.

Des centaines de punaises ont élu domicile dans la toile de son lit Picot, de grasses punaises entourées de leurs nombreux bébés-punaises, le ventre gonflé d'œufs de punaises, des punaises endormies le jour et se répandant sur sa peau au milieu de la nuit, profitant lâchement de son sommeil pour s'abreuver de son sang. Il en fait un génocide, écrase les mères, les vieillards, les bébés, les œufs, sans pitié, puis inonde la toile de pétrole dénaturé, un massacre.

L'odeur de ce mélange de pétrole et de punaises écrasées persiste longtemps puis finit par s'estomper, et les songes de ses nuits sur la toile rude de son lit Picot s'emplissent de Leila.

Leila
Algérie, février 1962

Leila apparaît dans la vie de Max grâce à une belle histoire.

En 1871, Blaise Braunrech, un paysan de Schwindratzheim, village de trois cents âmes perdu au cœur de l'Alsace devenue allemande, dégoûté par l'obligation de changer ses papiers français en documents teutons, prit la décision de quitter son pays natal et se rendit à la capitale pour y chercher refuge et fortune. Son français incompréhensible pour l'immense majorité des Parisiens lui ferma toutes les portes à l'exception malencontreuse de la petite délinquance. Condamné pour vol à l'étalage aux dépens d'une charcuterie alsacienne proche de la gare de l'Est, il fut contraint de choisir entre la prison ou l'envoi en Algérie avec mission de fertiliser, cultiver, exploiter un lopin de terre marécageux qu'on lui octroya dans ce qui allait devenir un jour le département français de Constantine.

Blaise n'était pas un feignant. Il passa quarante harassantes années de sa vie à drainer et assainir les marais, labourer, planter, récolter maïs et blé de printemps, élever vaches, moutons, poules, canards, il engagea des bergers berbères avec qui il communiquait dans un sabir fait d'allemand, d'arabe et de français. Le pays était immense, somptueux, quasi-désertique, peuplé d'une majorité de semi-nomades dans les djebels, de commerçants arabes ou juifs et d'administrateurs français dans les villes, principalement Alger, Oran et Constantine, en tout peut-être deux millions d'âmes. La paix était là, au prix de massacres au canon, au sabre, à la baïonnette, de carnages de civils, un demi-siècle plus tôt.

Tout était à faire, Blaise le fit.

Chaque année, à la sortie de l'hiver, quand l'anophèle se faisait rageuse, il était cloué au lit par la malaria, frissons glacés, fièvre, bourré de quinine, pensant mourir mais toujours se relevant, repartant de l'aube au crépuscule, sa houe sur l'épaule, plus tard menant au fouet les chevaux derrière la charrue, le fusil en bandoulière, abattant sans états d'âme chacals, hyènes, serpents, lions montés du désert selon la légende, rezzous pillards de récoltes ou de bêtes, il façonna ce pays avec ses muscles et son flingue.

À quelques dizaines de kilomètres, l'administration française entreprit la construction d'un port en eau profonde, destiné à desservir l'Est algérien. Annaba, une petite ville qui avait connu ses heures de gloire au cours de l'Histoire, avec sa casbah blanche qui dégringole de la montagne jusque dans la Méditerranée, fut choisie, rebaptisée Bône. Elle se développa rapidement, attira des ouvriers, des commerçants arabes, juifs, libanais, qui deviendront les fournisseurs et amis des colons, Français fauchés, Italiens du Sud, Maltais, Grecs et une myriade de ce que le bassin méditerranéen comptait de misérables, d'illettrés, de voyous, tout l'ordinaire d'un pays à coloniser. Un bordel ouvrit dans une ruelle du port sous le nom de Panier Fleuri en hommage à son alter ego de Limoges. C'est là que Blaise Braunrech rencontrera et épousera Madeleine, la p'tite Mado pour les intimes, putain punie par un maquereau niçois pour mauvaise conduite dans un bobinard limougeaud – elle avait refusé de se laisser sodomiser par le sous-préfet au prétexte d'un membre hors normes, orgueil de son propriétaire. S'ensuivit une course-poursuite dans le sombre du quartier chaud, le sous-préfet en surcharge alcoolique, caleçon et fixe-chaussettes, une tringle à rideaux à la main, glapissant « où elle est cette morue que j'l'encule ? ». Scandale. Le sous-préfet muté à Oyonnax et la p'tite Mado à Bône. Après de longues négociations avec la sous-maîtresse, moyennant une indemnisation sonnante et trébuchante, Blaise enlève Madeleine qui, avec courage, use dans les champs ses blanches mains plus habituées à manier des manches autrement plus doux que ceux de la charrue, lui donne sept enfants dont deux périssent du choléra, deux autres dans les tranchées, l'un sur la Somme, l'autre à Verdun, en même temps que vingt-deux mille tirailleurs algériens.

À la fin de la guerre, Blaise fait une chute de cheval et se rompt les os. Madeleine fond en larmes, cesse ses dépenses somptuaires en robes et chapeaux au Petit Paris, se vêt de noir, convainc les colons qui s'enrichissent de bâtir une église, qu'elle fréquente avec assiduité, puis une école. Des commerces s'ouvrent, on baptise le village, on l'appelle Blandan. Un quartier indigène avec sa mosquée toute neuve abrite les ouvriers, les petits commerçants, les artisans, il est administré par un sage, le bachaga, choisi par la population, tandis qu'un maire est élu par ceux que l'on commence à appeler les pieds-noirs. Les collines du sud de la petite ville se couvrent de mechtas de torchis blanchies à la chaux où des Berbères cultivent quelques arpents de pois chiches, de blé dur, de légumes dans des potagers protégés des animaux par des barrières de figuiers de Barbarie, élèvent des chèvres, des moutons, deux ou trois vaches, des poules.

Au bar-restaurant L'Oriental, les hommes se rassemblent à la tombée du jour, brochettes d'abats, anisette, nouvelles du monde, cours du blé, les colons en costume et chapeau blanc. Le bachaga, le caïd et les notables arabes, en gandoura et turban écrus, boivent le thé à la menthe ou le café turc.

Le pays s'enrichit.

À la mort de Blaise Braunrech, son fils Émile développe la ferme, fait construire les bâtiments destinés à abriter le matériel moderne débarqué à Bône, des logements pour les ouvriers agricoles, une étable, une écurie, un poulailler, un fenil, une grange. Lorsqu'il fait l'acquisition, pour une bouchée de pain, de trente hectares de maquis dans les collines pour y exploiter de la vigne, des oliviers et du blé de printemps, il installe des pressoirs à raisin et à huile, l'ensemble entourant une cour carrée, pavée, ouverte sur les terres par un porche clos d'une solide porte de cyprès. Émile se marie, met au monde deux garçons, Jacques et José, et trois filles.

La guerre de 1939 fut clémente, les deux fils n'eurent pas le temps d'embarquer pour la métropole qu'elle était déjà finie, quelques ouvriers agricoles s'engagèrent dans les tirailleurs algériens, très peu revinrent, soit parce qu'ils étaient morts, soit parce qu'ils avaient décidé de rester en France, dans l'armée ou à l'usine. À la Libération, quand Émile se sentit vieux, Jacques reprit la ferme des Marais et José fit construire au milieu des vignes, sur les hautes terres, une ferme qu'on appela la ferme des Collines. Deux sœurs se marièrent à Bône, la troisième, prénommée Jacqueline parce que jumelle de Jacques, fit des études à Alger où elle devint journaliste, adhéra au Parti communiste et, quinze ans plus tard, soutint le FLN au péril de sa vie.

En 1950, à l'âge de 101 ans, Madeleine meurt, entourée des siens, munie des saints sacrements, portée en terre dans le carré chrétien qui jouxte le carré musulman du petit cimetière de Blandan.

Jacques avait épousé Bernadette, qui lui avait donné deux filles. En pension chez les sœurs à Bône, elles ne s'intéressaient pas à la terre d'Algérie au grand dépit de leur père, lisaient des romans d'amour, jouaient au tennis, préféraient passer leurs week-ends sur la plage du club nautique avec des garçons en pantalon blanc et pull en V que de crotter leurs escarpins dans la cour de la ferme. Jacques se levait à l'aube, sellait son cheval et avec son régisseur Mohamed – tous les Arabes s'appellent Mohamed disait l'intéressé – ils couraient la plaine, les collines, les vallées, le domaine, surveillaient les ouvriers, les travaux, s'arrêtaient sous un pin au bord d'un oued, abreuvaient leurs chevaux, débouchaient un rouge de la ferme des Collines titrant quatorze degrés, cassaient la croûte en descendant de grandes lampées de vin, s'endormaient une petite heure avant de repartir. Parfois, pendant les grandes chaleurs, ils poussaient jusqu'à la mer, à deux lieues de la ferme, Jacques nageait sous le regard admiratif de Mohamed qui n'avait peur de rien, sauf de l'eau. Une ou deux fois par mois, en compagnie du bachaga, du caïd, de quelques colons et de chasseurs berbères, ils organisaient des battues contre les sangliers qui dévastaient les cultures des mechtas, on abandonnait leur carcasse aux chacals, personne ne voulait de cochon dans son assiette. Mohamed vénérait Jacques, était dur à la tâche, dur aussi avec les ouvriers, ne pardonnait rien, père et époux taiseux, sévère, à la tête d'une tribu de dix enfants.

Et c'est ici qu'arrive Leila.

Une vipère, un jour, mord la fillette alors âgée de cinq ans. Mohamed, affolé, la prend dans ses bras, le mollet déjà bleuissant, frappe à la porte des Braunrech. L'enfant est allongée, calmée, rafraîchie, on appelle le médecin en toute urgence, qui fait son boulot de docteur, guérit Leila qui retrouve son rire, son bavardage, ses couleurs, sa joie, avale un bol de lait qui lui dessine une moustache, galope pieds nus dans la cour à la poursuite des canards et des chiens, éclate de rire, bondit dans les bras de Jacques, tire ses moustaches sans le moindre respect pour le patron, lequel tombe illico sous le charme de la petite fille.

Il la fait entrer à l'école – elle sera la seule de sa fratrie à savoir lire, écrire et parler le français sans fautes –, l'emmène sur son cheval galoper entre la plaine et les collines et, pour ses douze ans, lui offre une petite jument arabe. Dès lors, elle suit son père et Jacques dans leurs cavalcades, sans jamais se fatiguer, même à la chasse, elle n'a peur ni des chiens ni des bêtes, elle apprend à nager, à plonger sous les vagues dans l'écume de la mer, Bernadette, éberluée d'éprouver à nouveau le bonheur d'un rire d'enfant, la cajole, lui enseigne l'art de la cuisine, de la couture, lui confectionne des robes claires sur sa Singer, ensemble elles chantent Tino Rossi, Luis Mariano, Gilbert Bécaud.

La Toussaint rouge, en 1954, coup de tonnerre dans un ciel limpide, sonna le début de la fin du bonheur. Les moudjahiddin mirent le feu à des bâtiments officiels, des boutiques ou des entreprises de pieds-noirs, massacrèrent une dizaine d'hommes à travers tout le pays. La première victime de ce qui allait devenir la guerre d'Algérie fut un jeune instituteur de vingt-six ans, à peine débarqué de métropole, un idéaliste qui souhaitait ouvrir une école pour les petits Berbères en Kabylie, assassiné dans un autocar. Au début de l'affaire, personne ne comprit rien à cette violence, c'était des illuminés communistes, la police n'allait pas tarder à les fourrer en taule, la justice à les condamner, le bourreau à les guillotiner. Mais ça ne se passa pas comme ça. Le FLN mit le pays à feu et à sang, quatre cent mille militaires débarquèrent, la guerre s'installa.

En 1956, la ferme des Collines fut incendiée par les fellaghas, José et sa famille échappèrent à coups de fusil à l'égorgement, ils se réfugièrent dans une maison du quartier européen. En 1958, l'arrivée de De Gaulle au pouvoir remonta le moral, on y crut. Un an plus tard, le désenchantement s'installa, les cœurs s'aigrirent, Jacques se replia dans le centre du village, la ferme des Marais fut pillée, il ne resta pas une porte, pas une fenêtre, pas un lavabo, il ne parvint à sauver que le matériel agricole qu'il avait pris soin de mettre à l'abri dans un hangar de Blandan. Il confia ses bêtes à des pasteurs berbères du camp de regroupement du lac des Oiseaux, sous la houlette de Mohamed. Enfin, en 1960, sentant le vent tourner, il fit l'acquisition d'une exploitation de pommes golden en Aquitaine, expédia ses deux filles à la fac de Nice où elles continuèrent de lire des romans d'amour, jouèrent au tennis et fréquentèrent au cercle nautique des jeunes gens en short blanc et pull en V.

L'Algérie se déglinguait, les routes étaient dangereuses, le cœur n'y était plus, même le Panier Fleuri, où les colons aimaient passer une soirée en compagnie d'officiers de cavalerie quand ils montaient à Bône régler quelques affaires, périclitait, devenant un bordel à soldats de seconde zone avec des filles en fin de carrière, importées des bas-fonds de Marseille. À l'indépendance, le tout nouveau gouvernement algérien le fermera, grossière erreur, il aurait mieux fait de le conserver, ça aurait évité bien des sauvageries.

En février 1961, la mort dans l'âme, Jacques et José décidèrent de quitter l'Algérie, espérant qu'ils pourraient un jour y revenir. Ils organisèrent un raout de départ où furent conviés les rares colons encore présents, le caïd, le bachaga, Mohamed, les notables musulmans, les officiers supérieurs des bataillons et régiments. On égorgea cinq agneaux qui rôtirent pendant huit heures, on mit en perce les tonneaux du vin des Collines, on roula la graine de couscous, les pâtisseries dégoulinèrent de miel, les hommes se vêtirent de blanc, bien cravatés, bien chaussés, les femmes sortirent des papiers de soie leur plus belle robe, leur chapeau de satin, s'inondèrent de parfum, les notables arabes en pantalon bouffant et gandoura blanche nouèrent les longs turbans et tout le monde versa des larmes jusqu'à point d'heure, malgré ou à cause de la musique d'un orchestre de malouf aux sonorités andalouses, venu de Constantine.

Jacques profita de la fête pour confier Leila, alors âgée de quinze ans, aux soins du colonel commandant le 11e bataillon de chasseurs alpins, qui promit de l'intégrer à la PMI de la 4e compagnie, celle-là même où Max allait débarquer neuf mois plus tard. La jeune fille, qui avait tant espéré faire partie du voyage vers la France, ne jeta pas un regard au couple Braunrech, tourna les talons et s'en fut.

Une grosse larme coula sur la moustache de Jacques, peut-être la seule de sa vie.

Au début, Zohra détesta cette gamine pistonnée par un colonel qu'on lui fourrait dans les pattes et qui ne connaissait rien au métier d'infirmière. Mais, comme tout le monde, elle succomba aux immenses yeux noirs, au teint de pêche, aux lèvres délicatement ourlées, aux dents éclatantes au soleil, au rire de fontaine. Leila apprit vite, adora son nouveau métier, vaccina, pansa, conseilla, nettoya les plaies, calma les douleurs avec tendresse et fermeté, sans jamais entrer en concurrence avec Zohra, qu'elle admira, qu'elle aima.

Là-dessus, un jeune aspirant venu de France entra par effraction dans sa vie, dans ses rêves, c'était Max, l'enfant d'un mineur de La Ricamarie.

Vaguemestre 2
Algérie, février 1962

Mardi

Ma chère Monika,

J'espère que tu vas bien. Ici, on attend la fin de la guerre, plus rien ne bouge, personne, ni chez nous, ni chez les fellaghas, n'a envie de mourir, ce serait trop con. Alors on fait quelques sorties juste pour pas perdre la main. Il fait un temps magnifique pour un mois de février, on a tué un sanglier et un porc-épic qui vont améliorer l'ordinaire, contrairement à ce qu'on pourrait croire, le porc-épic, c'est très bon, ça ressemble à du lièvre, enfin à ce qu'il paraît parce que moi j'ai jamais mangé de lièvre. Moi qui aime pas trop la chasse, on y va au fusil-mitrailleur, on peut descendre une dizaine d'animaux en une seule rafale si on tombe sur une harde, une vraie boucherie. Après, c'est vrai que c'est bon la viande de chasse. L'année dernière, avant mon arrivée, les chasseurs alpins ont tué une biche qui avait un petit faon, il était resté vivant près de sa mère, il essayait de téter le cadavre, les gars en avaient la larme à l'œil. Ils ont ramené le faon au cantonnement, l'ont nourri au biberon puis à l'herbe fraîche et c'est maintenant une biche aux grands yeux doux, elle gambade sur ses pattes maigrichonnes, elle est

insolente, rentre partout pour piquer une pomme ou une orange, elle chie et pisse où elle veut, mais ça n'embête personne.
C'est marrant comme des hommes qui en tuent d'autres sans mollir sont émus par une biche. Moi pareil, d'ailleurs.
C'est la mascotte de la compagnie, elle s'appelle Jonquille parce que c'est la couleur du liseré le long des pantalons des chasseurs alpins, c'est un joli nom Jonquille, toi qui aimes tant les bêtes tu l'adorerais, autant que ton Minou.

Pourquoi je te parle de Jonquille ? Pour retarder le moment de te dire la vérité.

Mais j'arrête de tourner autour du pot. J'ai rencontré quelqu'un, j'ai pas envie de te mentir, ça m'est tombé dessus, comme on dit. C'est une fille d'ici, une Berbère, elle est aussi brune que tu es blonde, des yeux aussi noirs que les tiens sont bleus, je te demande pardon, je sais que tu vas pleurer et sûrement me détester, tu auras raison. Il ne s'est rien passé, juste un baiser et voilà, elle m'a ensorcelé, pardonne-moi s'il te plaît.
Tu es si belle et plus forte que tu le dis, je sais que tu vas trouver un homme qui te mérite, un homme bien mieux que moi.
Et avec le temps, peut-être que nous resterons amis. J'espère.

Encore une fois, pardonne-moi.

Max

Faits d'armes
Algérie, février 1962

Décidément, ce mois de février 1962 est particulièrement clément, aux heures les plus chaudes de la journée, le thermomètre affiche vingt-cinq degrés Celsius, un petit air de printemps souffle sur le djebel, ça donne des idées au capitaine. Réveillé d'excellente humeur, il avale sa Ricoré au soleil sur le pas de la porte de la popote, se gratte le cul et décrète que le temps des embuscades et des ratissages est revenu.

Les deux mamelles de cette guerre s'appellent Embuscade et Ratissage.

Ce jour-là, le capitaine choisit d'envoyer la section de Max tendre une embuscade près d'un lieu appelé Ain Sefra, qui signifie source jaune, où coule une abondante source chaude légèrement soufrée, à une poignée de kilomètres du cantonnement. La lune sera pleine, ce qui est idéal. C'est la nuit que se déplacent les hors-la-loi, le plus souvent pour aller se ravitailler dans les villages, dans les camps de regroupement ou bien pour aller commettre quelques méfaits, par exemple couper des poteaux téléphoniques, ce n'est pas dangereux, ça n'exige ni logistique ni technique sophistiquées, une simple scie à bûches suffit, et ça contrarie. La compagnie montait très souvent des embuscades en bordure des lignes téléphoniques et à vrai dire si les poteaux ont souvent été sciés, aucun scieur n'a jamais été pris la main sciant.

Deux camions Simca bâchés chauffent leur moteur sur le parc automobile en cette fin d'après-midi. On y a chargé les armes, les rations de campagne – boîtes de pâté, corned-beef appelé « singe », pâte de fruit, petite fiole de gnôle – et les couvertures. Les nuits sont fraîches à cette saison, et une embuscade ça peut s'éterniser si l'ennemi prend son temps, s'il décide d'emprunter un autre chemin ou de ne pas passer du tout, on peut poireauter des heures, s'enrhumer, éternuer, ce qui arrive généralement au moment que choisit l'ennemi pour s'annoncer. Il ne faut pas non plus qu'il fasse chaud, les nuits algériennes dans les fourrés se transforment alors en enfer tant les moustiques s'en donnent à cœur joie, sans pitié, la guerre ne les concerne pas.

Le capitaine est un rusé : au lieu de faire partir Max vers Ain Sefra, il lui donne l'ordre de prendre la direction opposée afin que les indicateurs qui, d'après lui, pullulent dans le camp de regroupement, n'aillent pas prévenir les fellaghas qu'un traquenard leur est tendu. Après quelques kilomètres, la section bifurque sur une piste, contourne une colline, pour rejoindre la source.

Ils connaissent bien l'endroit pour s'y être embusqués maintes fois, sans aucun succès. Les camions les ont déposés à moins d'un kilomètre, ils ont poursuivi à pied. La source coule dans un canyon, quelques arbres, des cyprès, des oliviers plantés là depuis des lustres par le colon du coin, quelques épineux donnent un peu d'ombre et de fraîcheur sur un tombeau en forme de pâtisserie d'un marabout.

L'avantage de l'embuscade sur le ratissage c'est que c'est beaucoup moins fatigant. On s'enroule dans une couverture, on libère la sûreté des armes, on avale le contenu de la petite fiole de gnôle, ma foi pas si mauvaise, on attend. Le temps passe, les oiseaux de nuit hululent, irrités d'être dérangés dans leur chasse, une famille de sangliers laboure le bord de la piste, les têtes dodelinent et immanquablement, à partir de minuit, les uns après les autres, ils s'endorment. Dans la douceur de la nuit, s'élèvent les ronflements de l'armée en campagne.

Ils embusquèrent beaucoup, ratissèrent plus encore, hélas.

Dans le no man's land situé entre le barrage électrique et la frontière avec la Tunisie, les militaires de l'ALN, Armée de libération nationale, cachaient des armes, mortiers, mitrailleuses, explosifs, ainsi que des munitions afin de n'avoir pas à les transporter sur dix ou douze kilomètres chaque fois qu'ils voulaient s'en servir, c'est-à-dire pas souvent mais toujours la nuit, quand l'aviation devenait aveugle. Ces caches étaient des trous creusés sous des rochers et camouflés par des branchages, des petites grottes naturelles, des replis de terrains. Elles étaient parfois tellement invisibles que les fellaghas eux-mêmes ne pouvaient les retrouver, et leurs armes rouillaient, oubliées. L'objectif de l'armée française était de trouver ces caches, de s'emparer de leur contenu. La 4e compagnie manœuvrait avec les paras du 9e RCP et les légionnaires de la 13e DBLE, au total un ratissage s'étalait sur une ligne de plus d'un kilomètre de large dans un maquis inextricable.

C'était épuisant, fastidieux, un peu dangereux puisque l'ALN semait par-ci par-là des mines anti-personnel sur lesquelles, comble d'ironie, ses propres hommes se faisaient parfois sauter. L'armée disposait de bergers allemands censés avoir été dressés pour repérer ces mines. Ces chiens se donnaient un tel mal de chien, galopant sur des kilomètres de maquis, que les maîtres-chiens les ramenaient épuisés, sur leur dos, tirant une langue haletante de la longueur d'une main. On ne trouvait plus grand-chose car, la fin du conflit étant proche, l'activité militaire s'était bien calmée.

Autant dire que le ratissage était aussi peu populaire dans la troupe qu'était appréciée l'embuscade sous les étoiles.

Face à la source, les chasseurs alpins se préparent à une longue veillée, cassent une petite croûte, disposent deux guetteurs, l'un en amont, l'autre en aval, qui ont pour mission d'alerter la section en cas d'arrivée intempestive. Ils se barbouillent le visage avec du bouchon de liège brûlé. Comme au cinéma. Le soleil est encore chaud et ne va pas se coucher avant deux bonnes heures.

Les chasseurs alpins sont à leur poste, prêts au combat, quand le guetteur aval vient avertir qu'une troupe s'avance vers la source, chargée de gros ballots. Il s'agit très probablement de provisions pour les hors-la-loi. Le capitaine, pour une fois, a eu le nez creux, il va se passer quelque chose cette nuit. Max impose le silence.

Elles sont une dizaine, rien que des femmes. Les femmes attirent moins l'attention que les hommes, elles partent souvent loin du camp de regroupement ramasser du bois qu'elles rapportent avant la tombée de la nuit, un prétexte pour déposer de la nourriture, des vêtements propres, parfois des armes et des munitions. Plus tard, les fellaghas viendront les récupérer, à ce moment-là tant pis pour eux. Il y a deux veuves, vêtues de blanc, fatiguées et courbées, six ou sept paysannes et trois toutes petites gamines, toutes sont pieds nus, jacassent, posent leurs balluchons. Ils vont devoir attendre qu'elles s'en aillent sans se faire repérer, et ça devient risqué car elles se mettent à ramasser du bois. Elles peuvent les découvrir à tout moment.

Ce qui se passe est étrange. Elles ont empilé le bois, allument un feu. Bizarre d'allumer un feu quand il faudrait au contraire rester discret. Elles ouvrent leurs ballots, sortent leurs hardes, et puis, non! mais si! elles se déshabillent! À l'exception des deux vieilles, elles sont toutes en culottes délabrées et les voilà qui se trempent dans l'eau, s'éclaboussent, s'amusent, sortent des savons, des éponges, font leur toilette dans la source, sous des cascades de rires, lavent leur pauvre linge, le frappent à coups de pierre en guise de battoir. Les soldats, stupéfaits, s'arrachent les jumelles. Aucune n'est belle, ni même jolie, trop grosses, trop maigres, trop vieilles, trop jeunes, les mains et les cheveux teints au henné, certaines sont enceintes ou ont du ventre, va savoir, mais ce sont des femmes, elles sont nues, la dernière fois qu'ils en ont vues c'était dans les revues cochonnes au foyer, c'était hier mais c'est pas pareil. Le lac des Oiseaux, au niveau du camp de regroupement, est vaseux, envahi d'immondices, d'excréments du bétail, l'administration a fait installer deux branchements d'eau potable, on y fait la queue pour remplir deux lourds seaux qu'on ramène dans les maisons, alors elles profitent de ce premier jour de beau temps pour venir se laver, faire leur lessive, l'eau de la source est chaude, sent le soufre, c'est un moment de bonheur dans leur misère, ça fait maintenant presque huit années que dure la guerre. Les veuves se sont assises, adossées au tombeau du marabout, elles sourient à leurs filles, à la marmaille. Max et ses hommes voudraient disparaître sous terre, laisser ces femmes à leur joie, mais le moindre mouvement de leur part les trahirait, honte sur elles, alors ils se laissent aller, contemplent cet instant de vie, la vie normale de paysannes qui font leur toilette, leur lessive, débarbouillent leurs mômes grelottants et rieurs, par un beau jour d'un printemps précoce.

Elles se sont séchées autour du feu en chantant à voix douce, ont frictionné les enfants qui claquaient des dents, le froid est revenu, puis elles sont parties, laissant derrière elles quelques braises dans le crépuscule envahi d'une brume qui sent le soufre.

Et vingt-deux chasseurs alpins éblouis. Et rien de rien pour les fellaghas.

Mensonge
Algérie, février 1962

BIEN SÛR, IL AVAIT MENTI.
Il avait voulu épargner Monika et n'avait mentionné dans sa lettre qu'un simple baiser.

Durant trois jours, n'ayant plus de guerre à livrer contre une armée de punaises vaincue, il fut assailli par l'image de la jeune Berbère, de sa sorcière, comme il allait l'appeler. Le mercredi suivant, à cinq heures de l'après-midi, quand s'amorça la nuit d'hiver, il franchit le réseau concertina de barbelés, prévint la sentinelle qu'il reviendrait tard, il faudra passer la consigne.

Elle était là, dépourvue de malice, ne connaissant rien aux jeux de la séduction, elle lui dit simplement : « Je t'attendais ». Il l'embrassa, elle trouva que c'était délicieux, c'était son premier baiser, premier baiser d'une longue suite de baisers, dans une chambre blanchie à la chaux, au milieu de tapis, de coussins, à la lueur d'une lampe-tempête, la peau couleur miel, les yeux immenses, sombres, les boucles noires. Dans la nuit montaient les pleurs d'enfants, les cris des bêtes, l'appel à la prière, tant de beauté il n'avait jamais vu. Il lui demanda de lui parler en arabe, une langue si belle, si douce dans la bouche de cette jeune fille.

– Tu veux que je te parle de quoi ?

– De n’importe quoi, des pansements aux enfants, des animaux de la ferme, de ton père, de tes sœurs, de la mer et des poissons, du ciel de l’Algérie la nuit.

- يديك شابين.

– Qu’est-ce que ça veut dire ?

– Ça veut dire que tes mains sont douces et que j’aime tes caresses.

– Parle-moi encore.

– تحبيني ؟

– Alors ?

– Est-ce que tu m’aimes ?

– Oui.

– حبيتي تزوجي معاي ؟

– Laisse-moi deviner : J’ai envie de faire l’amour ?

– J’ai envie mais je ne le ferai pas.

– Pourquoi ?

– مانأمنش بيك.

– Et…

– Ça voulait dire : « Est-ce que tu veux m’épouser ?

– Oui.

– نديرو هاد الشيء كي نكونو مزوجين هادا هوا القانون في هاد البلاد.

Ça veut dire, on fera l’amour quand je serai ta femme, c’est la loi dans ce pays. Et tu sais, je n’ai pas confiance, j’ai été trahie par un homme, il était comme mon père. Tu m’emmèneras en France ?

– Oui.

– Jure-le.

– Je le jure.

– Embrasse-moi.

Elle est nue, il la couvre de baisers, de caresses, l’appelle « ma sorcière », ne lui fait pas l’amour, fait courir ses lèvres sur son corps, elle rit, elle se lève pour préparer le thé, il la regarde, accroupie devant le petit réchaud à gaz. Avec des gestes lents, elle mélange le thé, le sucre, la menthe dans une théière rouge, laisse bouillir, ses seins sont petits, ses tétons des boutons de rose-pompon, ses fesses fermes, les poils de son sexe, de ses aisselles, sont brillants, obscurs. Il allume une cigarette, ça sent le tabac, la menthe, le sucre, le pétrole, une odeur de corps féminin aussi, enfin il croit. À genoux devant lui, elle verse le thé brûlant dans les verres, elle chante.

نتية العسل ديالي،
نتية الحليب ديالي،
تديني في بلادك،
تزوجي معاية، ديريلي ولاد
روحي ترقدي يا عمري.*

Il est au jardin des délices.
Pardon Monika.

* Tu es mon miel, tu es mon lait, tu es le sang de mes veines.

Du sang, de la sueur et du sexe
Algérie, février 1962

Max nage dans le bonheur. Chaque soir, il franchit le réseau barbelé et retourne dans les bras de Leila. Toute la compagnie, tout le camp arabe, sont au courant, difficile de cacher quoi que ce soit entre les cabanes de bois et de tôle, les sentinelles le saluent d'un air entendu, un clin d'œil appuyé, un « Bonne soirée, mon lieutenant » égrillard. Il n'en a cure. La guerre lui est douce, la guerre ne doit jamais finir.

L'amour en temps de guerre. Parfois pittoresque, pas toujours.

Eddie, le barman de la popote, conte à qui veut l'entendre ses exploits avec sa fiancée, là-bas en France. Eddie – son vrai nom c'est Jean-Claude, il préfère Eddie, ça fait plus classe pour un barman –, avant d'être barman à la 4e compagnie, a été l'ordonnance du colonel d'un régiment de parachutistes étrangers, dont il s'est fait virer avec perte et fracas. Max l'aime bien. Quand il n'a rien de mieux à faire, c'est-à-dire assez souvent, il se juche sur un tabouret du bar, sirote un des cocktails qu'Eddie a inventés, et écoute ses histoires de cul.

« En ma qualité d'ordonnance, j'étais chargé de tous les devoirs d'intérieur qu'assument normalement en temps de paix les épouses légitimes des officiers supérieurs, à l'exception du devoir conjugal *of course*. Je devais maintenir propre la cambuse, faire le lit, changer de temps à autre les draps, cirer, faire briller les rangers et le ceinturon, laver et repasser le linge, l'empiler dans l'armoire prévue, pas très rigolo tout ça mon lieutenant mais ça m'évitait d'aller crapahuter dans le djebel, d'avoir des ampoules, de puer des pieds, je suis assez délicat des pieds, c'était une bonne planque, je m'acquittais de ma tâche à la pleine satisfaction du colonel. Un jour, en rangeant sa piaule, je découvre sous l'oreiller une nuisette de satin rose tendre, délicatement ourlée de fines broderies fuchsia, manifestement bien trop étroite pour se prétendre chemise de nuit du colonel, un colosse aux épaules de déménageur. Le rôle d'une ordonnance n'étant pas de juger la moralité de l'état-major, j'ai fourré la légère chemise dans le panier à linge sale et je suis parti au lavoir. J'ai repassé très consciencieusement, les militaires sont très à cheval sur la qualité du repassage, les treillis, les chemises, le linge de corps du colonel et la nuisette, et j'ai rangé le tout dans les rayons adéquats, choisissant judicieusement de disposer la nuisette dans le casier réservé aux pyjamas. Et vous allez voir mon lieutenant comment une simple nuisette peut bousculer la vie d'une ordonnance !

» Le lendemain, le colonel me convoque et me demande si, par hasard, je n'aurais pas trouvé une chemise de nuit qu'une amie… hum, hum… aurait oubliée… Bien sûr, mon colonel, je l'ai lavée, repassée et rangée avec vos pyjamas. Tout fier de moi. À ces mots, il se précipite vers l'armoire, extrait la douce étoffe, la renifle, lâche un "pouah" dégoûté et rentre dans une noire colère éructante : il enrage, il rugit, il rougit et, cramoisi, son minuscule béret rouge posé sur le sommet de son crâne rasé de frais tanguant dangereusement, mute immédiatement le laveur-repasseur, c'est-à-dire moi, dans une compagnie commando où je vais en chier pendant les longs mois qu'il me reste à tirer. Et voilà comment je suis arrivé là. On ne plaisante pas avec la libido des officiers supérieurs. »

« Mais ils en font quoi de ces dessous ? » s'interroge le candide Max. Eddie le regarde avec commisération : « Mais ils se branlent, mon lieutenant, ils se branlent ! »

Eddie est un fin connaisseur de la sexualité du troufion en campagne. Il s'explique. Passant de longs mois loin de chez eux, dans des contrées où les vents sont brûlants, où les nuits sont torrides, les hommes, quel que soit leur grade, ont pris soin d'emporter dans leur paquetage kaki un petit morceau de leur épouse, sous la forme d'une culotte, d'une chemise de nuit, et, c'est très important, non lavées, distillant tout au long des nuits d'érotiques effluves conjugaux. Il a lui-même un souvenir de sa femme, dit-il en agitant un soutien-gorge rose sous le nez de Max, qui constate que sa fiancée a une forte poitrine et le lui dit. Sous le compliment, Eddie bat des paupières d'un air modeste tout en passant un coup d'éponge sur les traces de pinard du bar. Muté dans la compagnie commando pour avoir remplacé la fragrance de la colonelle par celle du savon militaire, il s'est quand même débrouillé pour ne pas aller s'user les pieds dans les djebels et secoue à l'abri du cagnard des shakers de bloody-mary.

À la suite de ce récit, Max ne pourra jamais s'empêcher, chaque fois qu'il serrera la main d'un colonel, de l'imaginer en train de s'astiquer le minaret (le langage militaire concernant la chose est comme on voit très imagé), les médailles tintinnabulant sur la vareuse, le pantalon aux chevilles et le nez fourré dans la culotte en dentelle odorante de madame la colonelle.

On ne parle pas assez de la sexualité du soldat au combat. À croire que le drap rugueux des capotes, on parle ici des capotes militaires, supprime d'un coup d'un seul la libido du bidasse. Or l'histoire des guerres n'est faite que de massacres, de pillages et de viols, il faut se rappeler les sacs de Carthage, de Jérusalem, de Rome, le magnifique bilan des viols de Constantinople par la quatrième croisade, un pur chef-d'œuvre, de bien d'autres villes encore où la soldatesque ivre de vin et de sang éventrait et violait à tour de bras tout ce qui lui tombait sous le sexe.

En Algérie, toutefois, assouvir sa sexualité relevait du domaine de l'illusoire. Il existait, paraît-il, les mythiques BMC, Bordels militaires de campagne, qui auraient été réservés aux légionnaires, sans qu'on sache s'ils ont réellement existé. Il y avait bien à Bône le Panier Fleuri, dans le quartier du port, qui avait connu son heure de gloire mais qui n'était plus fréquenté que par quelques sous-offs, et dont les trois malheureuses pensionnaires marseillaises, fausses blondes mais vraies grassouillettes, avaient bien du mal à inspirer l'amour et, partant, à gagner leur croûte. Les jeunes filles pieds-noirs ne s'intéressaient qu'aux officiers de cavalerie ou d'artillerie, même si l'avenir allait leur faire revoir leurs prétentions à la baisse, et les jolies Arabes de Bône étaient étroitement surveillées, à vrai dire invisibles. Quant aux femmes du camp de regroupement, c'était des paysannes berbères, vêtues de haillons, les ongles noirs et cassés, des mouches aux coins des yeux, le corps informe, que l'on voyait ramener pieds nus au coucher du soleil des fagots de bois sur la tête, entourées d'enfants maigrichons.

Rien à se mettre sous la dent.

La plupart des appelés qui avaient à peine vingt ans au moment de leur incorporation sous les drapeaux étaient puceaux, rares étaient ceux qui avaient une fiancée, la révolution sexuelle allait se faire attendre encore quelques années. Le vaguemestre distribuait bien peu d'enveloppes roses et parfumées. Un Corse demanda un jour à Max de l'aider à écrire une lettre d'amour à sa promise, « encore vierge », dit-il en rougissant. Il y voulait mettre un mot cochon. Max lui suggéra un échantillon d'expressions osées dans lesquelles le soldat choisit le mot « derrière ». Max ne sut jamais l'effet que ce « derrière »-là avait eu sur la pucelle insulaire.

Voilà pour le pittoresque. Passons au pire.

Comme tout un chacun, Max lavait son linge de temps en temps, ce qui ne l'amusait guère, c'est alors qu'il apprit que des gamins pouvaient s'en charger pour quelques pièces de monnaie. Tout le monde y gagnait, il s'évitait une corvée et sa lessive mettait un peu de beurre dans le couscous des habitants du camp de regroupement. Il se rendit au point d'eau où, en effet, une dizaine de petits garçons pataugeaient dans une flaque savonneuse, la lessive étant apparemment une affaire trop compliquée pour être confiée aux filles. Il choisit, ou plutôt il fut choisi, par un prénommé Mouss, même pas dix ans, un enfant déluré aux beaux yeux noirs, scolarisé à la SAS, dépenaillé, mal nourri mais tellement joyeux avec son rire découvrant des dents mal rangées. Il se mit immédiatement au travail en se servant de ses pieds, de ses mains, d'un énorme galet, d'un morceau de savon. Quelques heures plus tard, il lui remit son linge, propre, séché au soleil, fleurant la lessive. Il marchanda les prix comme le voulait la coutume et il était si drôle, si impertinent, que Max lui paya largement son dû et l'engagea définitivement, officiellement. Mouss s'envola dans un éclat de rire. Chaque semaine, Max lui confiait ses slips, chaussettes, chemises, treillis, et souvent il s'attardait pour profiter du spectacle de ces enfants qui travaillaient dans un vacarme de cris, de rires, d'eau, de battoirs.

Un jour, Mouss l'entraîna un peu à l'écart, désirant probablement, pensait-il, augmenter son tarif. Il était si bas que cela ne l'aurait pas le moins du monde gêné. Mais il s'agissait d'autre chose, il se dandinait sur ses pieds, mordillait son pouce, hésitait. Et d'un seul coup il se lança et lui proposa, contre de l'argent, de lui faire bouche-plaisir. « De quoi parles-tu, Mouss ? » « Tu sais bien, l'amour dans la bouche. » Max en resta muet, abasourdi, Mouss souriait, confiant. Max le prit par les épaules et l'interrogea. Depuis quand faisait-il « ça » ? Avec qui ? Et les autres garçons faisaient-ils « ça » aussi ? Et qui lui avait appris ? Le môme prit un air vaguement ennuyé. Oui, il faisait ça, et les autres garçons aussi. Mais pas les filles ? « Non, pas les filles. » Mais Mouss, c'est pas bien, c'est interdit, on n'a pas le droit, ils sont méchants ceux qui font ça. « Non, ils sont pas méchants, ils sont gentils. Ils me payent mieux que pour laver le linge. » Il souriait, content de lui. Et c'était ça le pire : il n'y voyait aucun mal, juste un moyen de gagner un peu d'argent, de faire plaisir peut-être. Max était atterré, il voulut avoir les noms des salauds qui se livraient à cette pratique mais Mouss avait compris qu'il allait faire des histoires, il se mit à mentir, il ne savait pas qui étaient ces hommes, et d'ailleurs c'était pas des chasseurs alpins, ah bon c'était interdit ? Maintenant qu'il le savait il ne le ferait plus, il allait le dire aux autres garçons, tout le monde allait arrêter et… il fit son sourire désarmant et s'enfuit. Laissant Max sans voix, son linge propre bien plié sur les bras.

Max décida d'en parler au capitaine.

Assis derrière son bureau, le capitaine l'écouta, l'air ennuyé, se leva, marcha de long en large, se gratta les fesses, signe d'intense réflexion, enfin il expliqua que la guerre n'était pas une partie de plaisir, qu'il y avait des dommages – qu'en ce temps-là on n'appelait pas encore collatéraux –, que ces enfants en étaient des victimes comme beaucoup d'autres, que le conflit touchait à sa fin, qu'il n'était pas nécessaire d'en rajouter, qu'on avait déjà assez d'emmerdes avec ces histoires de torture, et conclut que si Max désirait faire un rapport, grand bien lui fasse, mais qu'il ne le transmettrait pas, il lui conseilla d'oublier la chose. Max sortit sans mot dire et la boule au ventre.

Ce soir, la lune éclaire la montagne. Max passe devant la sentinelle qui lui souhaite une agréable soirée, ouvre le réseau de barbelés, s'enfonce dans le camp de regroupement.

Quand il raconte sa découverte à Zohra et Leila, elles restent muettes, prennent un air gêné, il comprend qu'elles sont au courant, que tout le camp est au courant. Lâchement, il décide de ne rien décider.

Un peu plus tard, alors qu'il est enfoui dans les bras de Leila, il lui demande à nouveau de lui parler en arabe, il adore l'arabe, les mots d'amour en arabe, la douce voix de Leila. Il se dit que les cris, les hurlements des foules arabes sont terrifiants lorsqu'ils vocifèrent des menaces de mort dans les faubourgs, mais que la voix d'une jeune fille de seize printemps le fait voyager dans un monde de miel et de lait. Après tout, c'est peut-être le lot de toutes les langues du monde.

نتية العسل ديالي،
نتية الحليب ديالي،
تديني في بلادك،
تزوجي معاية، ديريلي ولاد،
روحي ترقدي يا عمري.*

* Tu es mon miel, tu es mon lait, tu es le sang de mes veines, tu me feras des enfants, il faut dormir mon amour

Vaguemestre 3
Algérie, février 1962

Bonjour mon (ex) Canard,

Ta lettre m'a brisé le cœur. Je pleure, je n'arrive pas à m'arrêter, je pleure dans la rue, je pleure dans mon lit, je pleure au travail. Roger s'est aperçu que ça allait mal et hier, il m'a suivie dans les waters, il a essayé de me consoler en me tendant du papier chiottes pour me moucher et là, en me mouchant, je me suis trouvée tellement ridicule que j'ai éclaté de rire en continuant à pleurer. Parfois, ça va un peu mieux. Surtout quand je me dis qu'on finit toujours par se lasser des sorcières, comme on se lasse des princes charmants. Les sorcières, en plus, ça vieillit mal. Et puis je me dis qu'elle doit être rudement jolie, plus jolie que moi, je l'espère même, parce qu'être larguée pour une plus belle c'est douloureux bien sûr, mais par une plus moche c'est humiliant. Je raconte n'importe quoi, je suis tellement malheureuse, je te déteste et pourtant je t'adore c'est plus fort que moi.

Une grosse larme vient de couler sur la lettre, elle fait avec l'encre un pâté qui a la forme d'un cœur, tu ne trouves pas ? C'est un signe, j'en suis sûre, tu me reviendras, nous, les femmes, on a de l'intuition, on sent les choses.

Si jamais je me trompe, je crois qu'on pourra pas devenir amis, rien que te voir me tordrait le cœur. Je voudrais que tu souffres un jour comme je souffre, mais je voudrais que tu sois heureux. Essaie de pas laisser trop de plumes chez cette sorcière, mon canard !

Tu vois, j'arrive encore à plaisanter. Alors avec le temps, je vais guérir.

Monika

Ali
Café-restaurant Chez Jef, Saint-Étienne, hiver 2016

Faut remettre ça dans le contexte, Jef.

À la fin des années cinquante, vous, les Français, vous nous détestiez, vous détestiez les bougnoules, les ratons, les crouilles, les melons, les troncs, les sidis, c'est comme ça que vous nous appeliez, sauf toi, Max, je sais, t'étais pas comme ça, on se retrouvait dans le car tous les matins, on se saluait, on n'était pas potes mais y avait pas de haine. Remarque, je peux comprendre, c'était la guerre à cause de nous, les Arabes je veux dire, vous partiez deux ans, même plus, risquer votre peau en Algérie. N'empêche qu'on n'était pas aimés, y avait des ratonnades un peu partout, je te parle pas de celle de Paris où les flics ont balancé des Arabes dans la Seine, ça c'était à la fin de la guerre, j'avais quitté la France, j'étais en Tunisie à ce moment-là.

Tu peux pas couper cette télé, Jef? Y a même pas le son! D'accord y a des danseuses en string, mais bon, sans le son… Mais y a personne, tu vois bien! OK, OK, ça fait une ambiance, laisse ta télé pourrie et sers-nous deux bières.

Un peu partout des Arabes se prenaient des raclées, y a eu des morts, gamin, ma mère nous disait qu'il fallait pas traîner quand on rentrait de l'école, elle vivait dans la terreur, les mères ça vit toujours dans la terreur mais une mère arabe c'est pire, ça passe sa vie à trembler. Nous, on était français, mon père était venu après la guerre, après Monte Cassino, il avait reçu une balle et une médaille, les deux en pleine poitrine, il était descendu dans le puits Pigeot en 1945 et il avait fait venir la famille dès qu'il avait eu un peu d'argent. Quand je suis arrivé en 1949, j'avais jamais vu mon père, j'étais intimidé, lui aussi je crois, je lui ai dit « bonjour, monsieur », après il m'a embrassé. J'ai mis du temps à l'aimer, il était dur avec les enfants, ma mère était douce, cette ville était noire, je regrettais le bled. Tu te souviens où on était logés, Max, dans la cité Jaurès ? Ce tas de merde où ton frangin aussi a habité pendant deux ans. Il était devenu raciste, il rentrait d'Algérie, il nous supportait plus. Après, comme il était « français de souche », on lui a trouvé une jolie maison dans la cité pour mineurs ; nous on est restés toute notre vie à Jaurès, y a jamais eu de travaux ni d'entretien, on se tassait à onze dans notre HLM pourrie, avec des Espagnols et des Polonais qui nous détestaient. Mes sœurs, ça allait pas trop mal, elles s'intégraient, elles bossaient dans les rubans, elles avaient des copines, fallait juste qu'elles rentrent à l'heure, plus sévère que mon père avec les filles ça existe pas, « j'ai pas fait la guerre pour que mes filles soient des putains », nous, on voyait pas le rapport. C'est pour ça qu'elles se sont toutes barrées dès qu'elles ont pu et maquées avec des Français, et aujourd'hui, elles sont grand-mères, leurs petits-enfants s'appellent Kevin, Brian, Vanessa. Mais pour nous, les garçons, c'était pas rose la vie. Comme on se faisait traiter de sidis, de crouillats, de terroristes, de fellaghas, on était obligés de se bagarrer et c'était toujours de notre faute s'il y avait de la castagne, alors que c'était nous qui étions insultés. Aujourd'hui ça va mieux, c'est pas parfait mais ça va mieux, s'il y avait pas cette histoire de religion qui nous est tombée dessus, enfin bon, c'est une autre histoire.

T'es sûr que tu veux pas éteindre cette foutue télé, Jef?

Tu vois, c'est mieux comme ça, non?

Moi, j'étais comme toi, Max, la mine, ça me disait rien. Quand j'ai fini l'école, à quatorze ans, je suis parti en apprentissage chez un patron, j'emboutissais des casseroles, c'était peinard, je rapportais la paie à la maison, mon père me filait l'argent de poche pour les cigarettes, la bière. Quoi, la mosquée? Tu rigoles, Jef? Y avait pas l'ombre d'une mosquée en France à l'époque, Allah on savait même pas qui c'était, ma mère marmonnait parfois des trucs religieux mais jamais devant mon père, il était communiste, comme celui de Max, tout le monde était communiste, sauf les patrons bien sûr. Dieu, mon père il savait pas où il créchait. Il boudait pas le pinard et fumait comme une locomotive. Il a fini à 40 % de silicose, normalement on remontait les mineurs au jour à 30 % mais pour les Arabes, eh ben, on leur accordait un petit supplément, sympa hein!

Alors tu comprends, Jef, quand t'as dix-huit ans, que tu vois qu'on te déteste, que tu t'entasses à onze dans soixante mètres carrés dans une cité qui tombe en ruine, même pas une douche à la maison, que tu vois ton père crever des poumons, que pas une fille veut de toi mais qu'on te dit que tu peux avoir un pays, un vrai pays pour toi – c'est ce que nous disaient les communistes, ils avaient raison, après ça a mal tourné mais on pouvait pas savoir –, bah t'hésites pas, t'y vas.

C'est ce que j'ai fait. En 1960, je suis parti en Algérie, sans rien dire à personne, j'ai gardé ma paie et pris le bateau à Port-Vendres pour Oran. Ils ont été un peu méfiants les fellaghas, ils savaient pas s'ils pouvaient me faire confiance, je parlais pas l'arabe, je baragouinais tout juste kabyle, mais bon ils ont fini par m'enrôler. Moi, je voulais tout faire péter, j'avais la rage, j'avais la haine des Français, de leur confort, de leurs filles, je voulais poser des bombes dans des bars, me taper leurs gonzesses blondes, bon heureusement j'ai rien fait de tout ça, je suis parti dans l'est du pays, en Kabylie d'abord, j'ai bien aimé la montagne, on dormait dehors, on se nourrissait sur l'habitant, il était pas toujours joyeux de nous voir, l'habitant, mais il était bien obligé, sinon on brûlait sa mechta, en plus, après notre passage, y avait les Français qui arrivaient, ils voulaient savoir où on était, nous les felouzes, à coup de tartes dans la gueule, de crosses de fusil, ils rigolaient pas les paysans. Après, dans les camps de regroupement, c'était pire. Finalement, j'ai jamais réussi à tuer un soldat, ils étaient bien protégés, bien armés. Moi j'ai failli me faire prendre deux ou trois fois, j'ai eu chaud aux fesses, entre leurs pattes t'étais pas à la fête, crois-moi. Pas vrai, Max ? Vous étiez pas tendres avec nous, normal c'était la guerre, y avait de la sauvagerie des deux côtés. On m'a ensuite envoyé dans la presqu'île de Collo, près de Philippeville, un coin bien pourri, où j'ai réussi un beau coup. Y avait de la bleusaille française qui se la dorait au soleil, au bord de la mer, je me suis glissé sous un camion, j'ai piqué deux PM, j'ai collé le plastic, j'ai enfoncé le détonateur, serti la mèche lente, le plus dangereux c'était d'allumer la cigarette pour mettre le feu à la mèche, les griftons étaient à vingt mètres, puis je me suis barré et j'ai vu sauter le camion. Les bidasses sont restés cons, y avait personne dans le camion, sur le coup j'étais déçu, aujourd'hui je suis content, tuer des gens, quelle idée de merde. Grâce à ça, j'ai été nommé sergent dans l'Armée de libération nationale.

Sauf que ça commençait à chauffer trop fort, on n'avait plus de munitions, et les paysans, enfermés dans les camps de regroupement, avaient déjà plus grand-chose à se mettre sous la dent. Il fallait s'introduire de nuit en coupant les barbelés, les Français faisaient des rondes de surveillance, fallait s'y résoudre, on avait perdu la guerre. À Philippeville, on a réquisitionné un bateau de pêche, direction la Tunisie, de nuit. Et on a eu de la chance, une vedette française nous a repérés, a braqué son projecteur, le pêcheur tirait ses lignes l'air de rien, nous, on était à fond de cale, par miracle ils nous ont laissé passer.

Tu nous remets une petite bière, Jef.

En Tunisie, je suis resté un an. Ennui mortel. On était dans un bled minable, on logeait sous tente, à se les geler pendant l'hiver, entre gadoue et brouillard, l'été on crevait de chaud, assaillis par les moustiques. On n'avait pas le droit d'aller en ville, les chefs, eux, ils allaient s'envoyer des filles dans les boxons à Tunis pendant qu'on se pignolait sous le cagnard ou sous la pluie. Et faut pas croire, en Tunisie, quand il pleut, il pleut. Il y avait quand même des officiers qui nous donnaient des cours de combat, de topographie, ça faisait passer le temps. Rarement, faut bien le dire, on allait se balader du côté du barrage électrique, toujours la nuit, le jour il y avait les T3, des petits avions vicelards. On essayait de monter des embuscades quand les Français sortaient. Une fois, on a réussi et là, tu dois t'en souvenir, Max, parce que vous sortiez avec la 13e DBLE, des légionnaires, on vous a laissé passer et on a défouraillé sur la légion, on avait reçu l'ordre de ne pas tirer sur les appelés, fallait pas exciter l'opinion publique, les pourparlers de paix avaient commencé. Sans ça, si ça se trouve, j'aurais pu te zigouiller, j'aurais descendu celui qui allait devenir mon meilleur pote, la vie est bizarre quand on y pense. On n'a pas tué beaucoup de légionnaires, pour être honnête, je crois bien qu'on a tué personne. En revanche, eux, ils nous ont bien allumés, on a laissé une dizaine de gus sur le carreau. Après ça, on n'est plus sortis mais comme j'avais reçu une bastos dans le bras, on m'a filé une deuxième médaille, la première c'était pour l'affaire du camion. Ça m'a bien aidé quand on est rentrés en Algérie en 1962.

Dans le mille, Jef, c'est là que j'ai retrouvé Max, par un total hasard. Il était sur le barrage, côté Algérie, c'est lui qui est venu nous ouvrir le passage. On est rentrés en marchant au pas et on s'est installés dans le camp des Français, dans l'école et le dispensaire qui avaient fermé, on a juste tiré un réseau de barbelés pour pas se mélanger, et on a passé quelques jours ensemble à parler de Saint-Étienne. Oui, je sais, Max, je sais, faut oublier tout ça, oublier ce qu'il s'est passé, c'était il y a soixante ans, la douleur est encore là, il faut vivre avec.

Un p'tit calva ? Ça remonte le moral.

Après ? Après je suis resté en Algérie, j'ai fait l'école des officiers, je suis monté en grade, lieutenant, puis capitaine, j'ai cru en la révolution, en l'Algérie libre et indépendante. Cette crapule de Ben Bella est devenue président, c'était un haineux, il détestait la France, il détestait les Kabyles, j'étais dans une unité de tirailleurs envoyée en Kabylie, on devait régler le problème, c'est-à-dire tirer dans le tas. J'ai démissionné de l'armée, je ne voulais pas tirer sur mon peuple, même si je ne le connaissais pas. J'ai voulu être instituteur, aider les mômes, il y avait au moins soixante pour cent d'illettrés à l'époque. Quand ce salopard de Ben Bella a été renversé et foutu en taule j'ai espéré que la révolution, la vraie, la marxiste, avec Boumédiène comme président, un ancien du maquis, allait enfin triompher, que l'Algérie allait relever la tête. Tout ce qu'il a trouvé à faire, Boumédiène, c'est l'arabisation forcée. Il a interdit de parler le berbère, qui est la langue parlée en Kabylie, interdit aussi l'arabe maghrébin, celui du peuple, et bien sûr le français ! Il fallait parler l'arabe pur, celui de l'Arabie, du golfe persique. Pas un Algérien ne le connaissait, ça a foutu un tel bordel dans l'éducation nationale qu'il n'est plus sorti un diplômé de l'université pendant des dizaines d'années, alors les jeunes ont commencé à se barrer, en France, au Canada, en Allemagne, j'étais écœuré, j'en avais gros sur la patate. En 1968, je suis rentré en France par l'Espagne, j'ai dû passer par la montagne, dans la neige, avec des clandestins antifranquistes qui venaient chercher du boulot, fuir la dictature. Je suis revenu à Saint-Étienne, on revient toujours à Saint-Étienne. Il ne restait plus grand monde de ma famille, mon père avait succombé à la silicose, ou à une autre saloperie, peut-être le cancer, mes frères et sœurs avaient fait leur vie ; je suis allé habiter avec ma mère qui s'occupait de mon jeune frère gravement handicapé. Je détestais tout, l'Algérie, les Arabes, les Français, les patrons qui me refoulaient, les filles qui ne me voulaient pas plus qu'avant. Et puis un jour, un très beau jour, je suis tombé sur Max, je me souviens, t'attendais ton troisième, tu bossais, on a bu un coup, puis un deuxième, je suis rentré complètement beurré chez ma mère qui m'a fait la vie. De te revoir, ça m'a remonté le moral, j'ai cherché du boulot sous le nom de Miguel Gomez, je prétendais être Espagnol, plus facile pour se faire engager. Comme je ne rechignais pas au travail, quand le patron s'apercevait que j'étais arabe sur mes papiers de sécu, il disait « Bon, pour un Arabe, il est bien », et il me gardait. Pareil pour trouver un logement, Miguel Gomez, à tous les coups ça marchait, le proprio me disait trois mots en espagnol, je répondais *Si Señor*, avec un grand sourire. Quand t'es pas arabe, tout va bien dans ce pays.

Bon, une dernière, après on se rentre.

Ça fait quarante-sept ans qu'on est potes avec Max. Ouais, avec toi aussi, Jef, on est potes, mais pas depuis quarante-sept ans. C'est marrant la vie, aujourd'hui on n'est plus que deux vieux cons, comme l'Allemand et le bistrotier qui rabâchent leurs histoires dans un rade minable. Je rigole, Jef, c'est le meilleur resto de Saint-Étienne. Pas vrai, Max ?

Décoration
Algérie, mars 1962

Ainsi dit, ça ressemble à une plaisanterie : Max a bel et bien été décoré par l'armée française pour avoir fui devant l'ennemi ! Être décoré par l'armée française pour avoir fui devant l'ennemi est rare, c'est pourtant la vérité vraie.

C'était l'antépénultième jour de la guerre. Le soleil s'était levé à l'est très exactement, car le printemps et la paix s'étaient donné rendez-vous, elle avait été signée par ceux-là mêmes qui avaient déclaré la guerre, s'étant toutefois bien gardés de la faire. Les généraux n'étaient pas très contents : ils se voyaient déjà traîner leur ennui dans les mornes casernes des marches de l'Est. Mais enfin, à la paix comme à la paix, il fallut bien qu'ils s'y fissent. Ils ne réussirent qu'à obtenir un délai de cinq jours entre la signature et l'arrêt des combats, tout juste nécessaire, arguèrent-ils, pour organiser un ultime carnage auquel ils donnèrent le nom de code de « Baroud d'honneur ».

Max et sa section furent envoyés au combat, franchirent le barrage électrique et prirent position au point stratégique que le commandement leur avait attribué.

Les hommes étaient paysans, instituteurs, boulangers, ouvriers, coiffeurs, la guerre ne les intéressait pas du tout, même si elle se passait au soleil, au sommet d'une colline entourée de cent autres collines absolument identiques, qu'ils devaient tenir coûte que coûte, c'était les ordres, les généraux aiment d'autant plus que la troupe tienne les choses coûte que coûte que ça ne leur coûte rien. Pourquoi cette colline-là plutôt qu'une autre ? Mystère, les voies de la stratégie sont impénétrables. D'ailleurs ce n'était pas une colline mais un piton, l'armée ne tient pas une colline, ça fait efféminé, l'armée tient un piton, c'est comme une colline en plus viril.

Allongés dans l'herbe, ils tiennent donc coûte que coûte leur piton.

À huit heures pétantes, le rideau s'ouvre sur la bataille. Il faut bien le reconnaître, la mise en scène est au poil. Très loin derrière eux, les artilleurs expédient des petits nuages blancs avant qu'on entende, 320 mètres-secondes plus tard, les tonitruantes déflagrations des obus de canons 155C Schneider. Sur la route en contrebas, les Engins blindés de reconnaissance filent vers on ne sait quels exploits. Deux ou trois collines, pardon, pitons, plus au nord, une batterie de mitrailleuses crache ses balles traçantes, sifflantes, explosantes. Dans le ciel, passent lentement de lourds avions qui ont chargé sous leurs ailes de gros bidons de napalm et s'en vont les larguer sur les derniers lambeaux de forêt échappés au massacre, rôtissant vifs dans de fulgurants et étincelants incendies des biches éperdues, des sangliers rageurs, c'est très poétique. Des avions plus petits mais très bruyants tourbillonnent comme de gros hannetons, mitraillent n'importe quoi et paraissent s'amuser beaucoup. Loin devant, minuscules soldats de plomb, les parachutistes du 9e RCP sautent d'hélicoptères kaki en forme de bananes et se déploient dans le maquis. Deux pitons au sud, une irréelle fanfare de spahis en uniforme d'apparat jaune et gris clair joue face à l'ennemi de la musique patriotique. L'ennemi n'est pas en reste, il tient avec panache son rôle d'ennemi, court en tous sens, glisse les longs tubes d'explosifs sous les barbelés, tente de les faire sauter pour se frayer un passage jusqu'au champ de mines, sans résultat probant ; ou bien encore il installe un mortier de 81, tire deux ou trois obus et se replie à couvert avant qu'une mitrailleuse ne vienne le cribler de balles ou un bourdonnant avion le carboniser sous une cataracte de napalm embrasée.

Non, il faut bien dire, le spectacle est superbe, mais enfin ça fait déjà quelque temps qu'il est en répétition.

Afin d'être plus à l'aise pour tenir coûte que coûte leur piton, Max et ses hommes ont enlevé leurs rangers, ouvert leur chemise au beau soleil printanier. L'air sent la poudre, le diesel et le thym, la guerre, bonne fille, est jolie. Ils se gardent bien de se servir de leurs armes afin de ne pas avoir à les nettoyer après la bataille. De temps à autre la radio grésille, un capitaine veut avoir des nouvelles, savoir si la section tient coûte que coûte : « grrr, grrr… alfa kilo de papa bravo… grrr… à vous… grrr… léopard appelle tigre grrr… vous allez répondre nom de Dieu ! ». Max ne répond pas, il ne veut pas être dérangé, même par léopard – les militaires aiment bien mieux s'appeler léopard ou tigre que limace ou charançon, par exemple.

Ils sont pépères à admirer le spectacle quand, après un long sifflement, un obus de mortier venu d'on ne sait où explose très exactement au milieu de la section. Comme ils sont tous allongés, personne n'est blessé, mais c'est très emmerdant quand même, ils sont abasourdis, assourdis, médusés, quand un second sifflement suivi d'une déflagration au même endroit les arrache à leur tétanie. Max lance un ordre bref, précis, très viril malgré une certaine improvisation, « Foutons le camp ! ». Ramassant armes et chaussures, ils foutent donc le camp, dévalent la colline en chaussettes, se mettent à l'abri au fond d'un petit vallon où un ruisseau serpente sous des chênes verts et entreprennent d'extraire les épines fichées dans les plantes de pied. L'endroit est accueillant, moussu, herbeux, frais, parsemé de fleurs printanières inconnues, les militaires ne connaissent pas le nom des fleurs, ils décident d'y finir la guerre. À la radio, léopard grésille ses ordres et ses contrordres. Vers midi, ils débouchent quatre bouteilles de harrach rouge et cassent une petite croûte pendant qu'un lapin, aussi lâche qu'eux, affolé par la canonnade qui ne faiblit pas, tremblote dans l'herbe. Un soldat propose de le faire rôtir, mais Max l'en empêche au motif qu'il est trop maigre. Il lui en est si peu reconnaissant qu'il chie sur ses chaussures – pas le soldat, le lapin! – puis bouffe ses lacets. Repus et vivants, les soldats piquent du nez, bercés par le son du canon.

À dix-sept heures tapantes – l'heure, c'est l'heure! – la radio grésille: l'opération Baroud d'honneur est achevée, c'est un grand succès, et ordre est donné à toutes les unités de regagner leur cantonnement. Les canons et mitrailleuses se taisent, les avions disparaissent à l'horizon, les engins blindés de reconnaissance retournent dans leur garage. L'ennemi, qui écoute la même radio, suit le mouvement et, à nouveau, tous entendent chanter les cigales, croasser les crapauds et murmurer le ruisseau.

En fin de journée, l'état-major publiera un communiqué déclarant que « l'opération Baroud d'honneur a été une pleine réussite puisque nous n'avons à déplorer que cinq tués et quarante-deux blessés pour notre secteur, tandis que l'ennemi a essuyé de lourdes pertes ». Le communiqué s'achève par de chaleureuses félicitations à la troupe. Une heure plus tard, la radio ennemie indiquera en arabe et en français, « de source sûre », avoir infligé de lourdes pertes à l'armée d'occupation et citera les chiffres de cinq morts et quarante-deux blessés graves.

La guerre est finie.

Dans quelques jours, cinq mères recevront la lettre de condoléances de la patrie : « Votre fils de vingt ans… mort pour la France… décoré à titre posthume… ».

À la nuit noire, sous prétexte d'une ronde dans le camp de regroupement arabe, Max franchit les réseaux de barbelés, Leila lui ouvre sa porte, ses bras odorants, ses seins de jeune fille, ses lèvres confites par le sommeil, il enfouit son visage dans sa chevelure, elle lui murmure des mots berbères très doux, elle chante :

ونكون كيما النحلة ساكرة من العسل
تاكل في كاس زنبق الماء.*

Deux mois plus tard, une pluie de médailles s'abat, tintinnabulent sur les vareuses, glorieuses dans le soleil du joli mois de mai. Et c'est ainsi que Max est décoré pour avoir fui devant l'ennemi. Bien sûr, c'est formulé différemment. Le clairon : *Taratata tata tata ratata !* Le tambour : *Rantanplanplan !* Ouvrez le ban ! *Taratata !* « Pour avoir décroché dans l'ordre et dans la discipline devant un tir nourri de l'ennemi – le tir de l'ennemi est toujours nourri –, ayant ainsi d'une manière décisive contribué à sauver la vie de ses hommes… » *Taratatata !* Fermez le ban.

Quoi de plus con que d'être les derniers morts d'une guerre ?

* Et je serai comme une abeille butinant le calice d'un nénuphar, ivre de miel.

Exactions en tout genre
Café-restaurant Chez Jef, Saint-Étienne, hiver 2016

C'est l'histoire d'un mec, une histoire qui courait dans les djebels, j'te raconte, Jef, je sais pas si elle est vraie, mais elle est marrante. Ça se passe dans la villa Susini, à Alger, on la connaissait pas nous cette villa, on n'en avait jamais entendu parler, bref! C'est là que les services de renseignements torturaient les fels, paraît que c'était très efficace et que c'est grâce à ça que l'armée a gagné la bataille d'Alger, va savoir. Le fellagha, il est sanguinolent, menotté sur une chaise, pas mal amoché, dans la cave de la villa. Ce jour-là, y a un représentant de la Croix-Rouge internationale qui se pointe, un Canadien, avec une assistante suédoise gironde, ils sont là histoire de vérifier que tout se passe selon les conventions de Genève, des conventions que les gus du service de renseignements feuilletaient d'un doigt distrait, avec des plaisanteries lourdingues sur l'obligation de respecter les prisonniers, toutes ces conneries, on fait pas la guerre avec des Carambars, des omelettes sans casser des œufs, ah, ah, ah! Ils ont vite fait planqué la gégène, les fils électriques, se sont lavé les mains, ont débarbouillé le suspect. Donc, le gars de la Croix-Rouge pose quelques questions, il a pas très envie de fouiller le fond du problème, bien conscient que son rapport ne va pas révolutionner les lois de la guerre, les guerres qui vont suivre lui donneront raison, il regarde le mec pas très frais sur sa chaise et demande au sergent-tortureur comment il s'y prend pour obtenir des informations des prisonniers, s'il fait bien attention à ne pas pratiquer des traitements indignes et tout le bazar. Le tortureur se déballonne pas, les Arabes, monsieur la Croix-Rouge, comme vous le savez certainement, sont très croyants, très musulmans, alors on les fait jurer sur le Coran, pour pas aller en enfer, ils racontent tout ce qu'on veut savoir. Et là, le pauvre diable ficelé comme un rôti sur sa chaise lève la tête et ricane : « Jurer sur le Coran électrique, oui ! ». Il avait de l'esprit, le type, pour pondre une blague pareille. Elle est bonne, hein, Jef ? Après ça, le tortionnaire il est aimable, j'vous raccompagne, monsieur la Croix-Rouge, et revenez quand vous voulez, vous serez toujours le bienvenu. Le délégué est pas mécontent, dans cette cave il fait une chaleur à crever, bien moite, bien pègueuse, ça pue l'urine, la sueur, la vieille bière, le mégot, son expertise va pas bousculer les conventions de Genève, il sera bien mieux à tirer un p'tit coup avec l'assistante suédoise gironde dans une chambre bien fraîche de son hôtel de luxe, toujours ça de pris – outre un confortable salaire – sur l'adversité. Sitôt la porte fermée, l'autre se frotte les mains, alors comme ça mon p'tit Youssef, on fait de l'humour, tu vas moins rigoler là, allez Jean-Mi, rebranche-moi cette gégène qu'on s'remette au boulot, on a du pain sur la planche.

C'est comme ça que j'imagine les choses, les mecs dans la villa Susini, ils cherchent des renseignements de neuf heures à dix-huit heures, un boulot comme un autre, ils ont pas d'état d'âme, ils sont sûrs de leur bon droit. Parfois, y a un mec qui y reste, c'est con, c'est la vie, c'est pas de chance, le torturé après quelques séances bien saignantes est en si mauvais état qu'il est plus présentable, on n'a pas le choix, on le largue en mer du haut de l'hélico, avec deux briques dans les poches, bien ficelé, parfois il est pas tout à fait mort, les poissons vont s'en occuper, on prévient la famille, il s'est évadé, on le recherche avec assiduité. Le soir, le sergent-tortureur rentre chez lui le devoir accompli, crevé d'avoir bien travaillé les fellaghas, il s'occupe des gosses, surveille les devoirs, c'est un bon père, un peu sévère, une taloche de temps en temps, ça fait filer doux, un bon mari, il se couche de bonne heure, se lève tôt pour aller au taf, le samedi soir, vu qu'il torture pas le dimanche, il baise sa femme, elle est mignonne, pose pas de questions, le lendemain il emmène toute la smala communier à l'église, lui il reste dehors, pas qu'il ait des remords, non, il est mieux au bistro devant une bière, les curés ça l'emmerde. Et Jean-Mi, qui s'apprête à retourner à la gégène, c'est un brave garçon, il s'est engagé dans l'infanterie de marine, on l'a envoyé dans cette cave, rien à voir avec la marine, il branche deux électrodes avec des petites pinces dorées en cuivre, une sur la langue, l'autre sur les couilles, il tourne les manivelles, plus il va vite plus le torturé a envie de parler, c'est pas épuisant, en tout cas beaucoup moins que de crapahuter sous le cagnard. Est-ce qu'ils prennent leur pied à torturer ? Peut-être. Mais pas sûr, faut le faire, faut le faire, un soldat ça obéit, sans hésitation ni murmure, c'est le règlement, c'est écrit noir sur blanc. Quand il revient en permission dans le Tarn-et-Garonne, je dis le Tarn-et-Garonne mais c'est tout aussi bien le Maine-et-Loire, ses potes lui demandent, alors l'Algérie, pas trop dur ? Non, non, ça va, c'est pépère, j'suis dans un coin tranquille, ça roule. Il a raison, la guerre c'est dégueulasse, les bombes tombent où elles peuvent, sur les mômes, les vieux, les bêtes, personne n'a rien demandé, le napalm ne choisit pas ses cibles, ne choisit pas ses morts, il crame tout, pas que la forêt, tout ce qui vit dedans, pareil pour les mines, elles se disent pas, ah ! le petit pied de la jolie fillette, je vais pas l'arracher, pas aujourd'hui, j'vais être sympa, non, la mine elle saute et la jambe avec, et pourquoi pas tant qu'à faire la maman qui marche à côté, hop avec le bébé dans le dos, ou dans le ventre, on va pas mégoter. Alors la torture, tu vois, Jef, c'est pas pire que le reste, tout est pourriture dans la guerre. Quand je raconte que j'y étais, la première question qu'on me pose c'est, alors la gégène, tu t'es bien éclaté ? Et à Ali, alors t'en as coupé des couilles, t'en as tranché des gorges ?

Y a pas à tortiller, c'est ici qu'on mange la meilleure tête de veau de tout Saint-Étienne. Et tu sais pourquoi ? Parce que tu as eu l'idée d'y ajouter une cervelle de veau revenue dans un beau morceau de beurre, brillant ! Et aussi parce que t'y mets pas de langue, la langue c'est pas bon, c'est même dégueu, la vache elle s'est léché le cul. Ouais bon d'accord, elle est peut-être pas assez souple pour se lécher le cul, j'suis pas expert en vaches. Tu nous remets un pot de coteaux-du-lyonnais, Jef.

J'ai jamais torturé personne. Ali a jamais coupé de couilles ni tranché de gorge, t'en as tranché des gorges ? Ben non, évidemment ! C'est vrai, t'as raison Ali, y avait bien quelques sauvages, des deux côtés. Je me souviens, un sergent-chef, j'ai oublié son nom, il avait un QI de palourde – ta gribiche est géniale, Jef –, je faisais ma sieste et je suis réveillé par des hurlements, des insultes, je vais voir et là, entre le foyer et les latrines, y a mon sergent-chef qui roue de coups de pied un Arabe recroquevillé dans la poussière, il l'insulte dans un sabir, le malheureux gémit sous les coups, le visage en sang, les soldats, médusés et horrifiés devant la scène, ne savent pas quoi faire, ils ont pas le pouvoir d'arrêter la bastonnade, il s'agit d'un sous-officier, crâne rasé, une tête de mort sur fond d'ancre de marine tatouée sur l'avant-bras, il ressemble à Popeye. J'ai eu bien du mal à pas lui balancer ma main dans la gueule, mais ça m'aurait coûté très cher. Pendant qu'on mène le pauvre mec à l'infirmerie, Popeye me raconte qu'il l'a arrêté au cours d'une patrouille dans les environs en possession d'un fusil de chasse et de chevrotines, c'est interdit, donc il l'interrogeait, il voit pas bien ce que je trouve à y redire, toujours la même rengaine, c'est la guerre, mon lieutenant, je fais juste mon boulot moi. Je me suis pas fait un copain, il m'a aussitôt détesté. J'en ai parlé au capitaine et, comme le règlement l'oblige, il a fait garder le suspect, après tout c'était peut-être vraiment un fellagha, j'ai fait prévenir l'officier de renseignements à Bône.

Il est arrivé le lendemain en fin de matinée, a interrogé le prisonnier dans un arabe laborieux, appris qu'il vivait dans le camp de regroupement, qu'il menait paître ses chèvres dans les collines, le fusil étant destiné à chasser un éventuel gibier, y avait pas tant que ça à bouffer dans le camp. L'officier n'avait pas d'opinion bien arrêtée mais allait emmener le suspect pour interrogatoire, dans son service. C'était un lieutenant de vingt-cinq ou vingt-six ans, il arborait une abondante barbe noire, c'était la première fois que je rencontrais un militaire barbu, mais s'il cherchait à terroriser ses victimes en se faisant passer pour Raspoutine, c'était raté, il avait l'air très doux, c'est vrai faut pas se fier aux apparences, les plus grands salauds ont souvent des gueules d'ange. Ça m'intéressait de savoir comment fonctionnait un service de renseignements, je l'ai invité à boire un verre. J'en ai été pour mes frais. À part le discours habituel sur l'obligation du renseignement dans les conflits de guérilla, comprendre l'utilisation de moyens violents, la torture faisait partie de la panoplie, mais j'ai eu aucun détail, ces gens-là sont pas bavards sur leurs affaires. Quant au présumé berger hors-la-loi, il lui est pas arrivé grand-chose, la guerre vivait ses derniers mois, l'armée avait d'autres chats à fouetter, il a été jeté dans la prison de Bône, crasseuse et délabrée, où s'entassaient des centaines de fellaghas, ou de pas fellaghas, avant d'être libéré huit jours après.

Attention, je dis pas que la torture n'a pas existé, je dis que les gus du renseignement faisaient ça à l'abri des regards, nous, on n'en entendait jamais parler. C'est bien des années après ma démobilisation que j'ai appris ce qui s'était passé dans la villa Susini d'Alger, par les journaux et la télévision. À Constantine, à Oran, à Bône il devait y avoir aussi une villa Susini, ça devait pas rigoler non plus, mais faut pas se leurrer, la soldatesque dans les djebels était pas tendre non plus, les mechtas, les douars isolés, ont été détruits à coups de pains de plastic, incendiés, leurs habitants envoyés dans les camps de regroupement où ils ont survécu dans la misère pendant toute la guerre.

Tu nous remets un pot, Jef.

Bon, j'avoue, j'ai laissé commettre une exaction. Lors d'un exercice de tir de FM, le tireur a raté sa cible, la balle est allée se loger dans le crâne d'une vache, elle a agité ses pattes pendant un petit moment, puis plus rien, elle était morte. Que diable faisait cette vache dans un champ de tir ? Le berger ne possédait que cet animal dont il arrivait péniblement à traire un litre par jour. La vache a été mangée mais le berger s'est présenté quelques jours après à la popote pour demander réparation. Il était dans son tort, la vache n'aurait pas dû paître dans ce champ. Les palabres ont été interminables, plusieurs jours, une moitié de la popote, dont je faisais partie, était d'accord pour payer une indemnité, l'autre moitié campait sur une ligne dure, la loi c'est la loi, ce ruminant n'avait qu'à pas se trouver là, l'armée n'avait rien à payer, point. Cet incident a mis de l'animation. Finalement, ceux qui étaient pour l'indemnisation de la vache se sont cotisés, et avec la somme que nous avons donnée au berger, il a réussi à racheter trois vaches. Il a béni le champ de tir.

Tu comprends, Jef, on connaît la guerre, on en connaît les horreurs, les erreurs, les crimes, toute cette saloperie, mais les deux millions de bidasses qui sont allés suer sous le cagnard n'étaient pas des tortionnaires. Il y en a eu, on sait leurs noms, enfin ceux de leurs chefs du moins, ils ont été à peine une ou deux centaines, parmi eux peut-être une poignée d'appelés du contingent.

Les autres crapahutaient, mouraient parfois.

Il te reste de ton génial saint-nectaire fermier, Jef?

Gueule de bois
Algérie, 20 mars 1962

Max regarde l'heure : onze heures. Il n'y a pas un bruit, même les ânes et les coqs du camp de regroupement semblent frappés d'aphasie, sa tête bourdonne, un marteau va et vient entre ses tempes, il se passe des combats sérieux dans ses entrailles entre la 33 Export et le pinard ordinaire du foyer, à l'aigreur de ses rots, la bière est en train de prendre le dessus, il pue la vieille clope, il est tout habillé bien que très débraillé.

Mais pourquoi le clairon n'a-t-il pas sonné ? Tous les jours depuis bientôt huit ans, immanquablement, il tire les centaines de milliers de militaires d'Algérie de leur lit à sept heures l'hiver, à six l'été.

Il fait une tentative pour se lever. Infructueuse. Il retombe assis, la bière glougloute dans son ventre, monte, descend, hésite, finalement reste en place, les murs tournent autour de lui, le lit tangue, se stabilise, il parvient à se lever, se déshabille, se traîne jusqu'à la douche, froide, se rhabille, descend vers la popote.

Ambiance sinistre. Des officiers subalternes et des sous-offs de carrière boivent un mauvais café, comme le cantinier n'a pas fait surface, ils ont dû le faire eux-mêmes, ils font la gueule. Petit à petit ses neurones se remettent en place.

Le 19 mars 1962, à Évian, les négociateurs ont signé un cessez-le-feu qui prendra effet le 20 mars sur tout le territoire algérien. L'indépendance interviendra trois mois et demi plus tard, le 3 juillet, après un référendum.

Le 20 mars en milieu d'après-midi, sous un chaud soleil printanier, le lieutenant-colonel chef de bataillon achève sa tournée du secteur par la 2e compagnie. Le capitaine a rassemblé en grande tenue les quatre sections rangées devant le drapeau, et le lieutenant-colonel, juché sur une petite estrade, répète le même discours qu'ils entendent depuis un bon moment, l'armée française a gagné la bataille mais le politique a perdu la guerre.

Pendant ce discours écouté au garde-à-vous, Jonquille, flânant le nez au vent tandis que la troupe apprend que l'armée française n'a pas démérité de la nation, bien au contraire, Jonquille donc, avec amour, applique un baveux coup de langue dans le cou de l'orateur qui, ne l'ayant pas vue s'approcher, pousse un cri, fait un bond, tombe de l'estrade, chute dans la poussière et perd son béret, les soldats n'y résistent pas, impossible de refréner le fou rire qui monte par vagues, s'arrête, repart de plus belle. Le discours est raccourci, le capitaine fait mettre le drapeau en berne, après tout, la guerre a été perdue. Le chef de bataillon époussette son uniforme, coiffe son béret, monte dans sa jeep, jette un regard féroce à l'insolente bestiole, s'enfuit dans un nuage rouge de latérite.

Le dîner fut sinistre. Le capitaine, le lieutenant, les sous-offs d'active mangeaient en silence, sans que l'on sache si cette mauvaise humeur était due à ce coup de langue ou à la défaite de l'armée, il faut aussi préciser que le retour dans les casernes de la métropole allait diviser leur solde par deux, et qu'une foule d'avantages disparaissait en temps de paix. Ils avaient quelques raisons de faire la gueule.

Mais pas la troupe.

La dernière bouchée avalée, Max quitte la popote suivi d'un aspirant et des sergents du contingent pour se précipiter au foyer du soldat d'où provient un vacarme de cris, de chants, de rires, de verres trinqués. Dans un nuage de fumée, le vin et la bière coulent à flots, la troupe est à moitié soûle, seuls les harkis gardent la tête froide, pas si rassurés par le cessez-le-feu, ils sirotent des Fanta. À la simple évocation de ce qui est devenu « la biche qui lèche » ou « la biche lécheuse », le fou rire revient. Ils sont accueillis à bras ouverts, on se tutoie, on chante, Max ressent une vague compassion pour ces pauvres militaires professionnels qui boudent, seuls dans leur popote, où leur parviennent des bouffées de joie.

Car enfin c'est la paix.

La défaite de la France, ils s'en foutent, l'indépendance, ils s'en foutent, ce que vont devenir les pieds-noirs, l'avenir des harkis, ils s'en foutent, la solde des militaires d'active, ils s'en foutent, le drapeau en berne, ils s'en foutent, la guerre est finie, il n'y aura plus de morts, plus de blessés, ils vont rentrer à la maison, finis les ratissages, les embuscades, les patrouilles, la paix on vous dit ! Ils ne cessent de lever leurs bouteilles qu'ils descendent les unes après les autres, elles ne coûtent pas cher mais toutes leurs économies y passent, au lieu de fermer à dix heures du soir, le foyer reste ouvert jusqu'à… ils n'en savent rien, ils sont trop bourrés, ils sont rentrés se coucher en rampant, ensuite le trou noir et la plus belle gueule de bois de leur jeune vie, ils ont retrouvé le clairon couché sous le bar dans une mare de bière et de vomi – raison pour laquelle il n'a pas sonné.

C'était la paix. Et ils l'attendaient depuis sept ans et demi !

Dans les jours qui suivirent, les geôliers ouvrirent les portes de la prison de Bône où croupissait un mélange de droits communs et de fellaghas qui se répartirent la préparation de l'indépendance. On vit arriver dans le camp de regroupement les ex-hors-la-loi venus sensibiliser les habitants aux changements qu'impliquait l'indépendance, les bienfaits allaient pleuvoir, la vie allait devenir bien plus douce, ce qui n'était pas difficile à dire vrai, on leur expliqua le référendum, on leur distribua des drapeaux verts, on leur fit répéter des « *Ya ya, Benkhedda* » en hommage au très provisoire patron du gouvernement provisoire de la République algérienne, et pour la fête du 3 juillet, on fit répéter aux femmes les youyous en les priant de ne pas mégoter sur le niveau sonore au moment où l'ALN et les chefs de l'indépendance rentreraient en Algérie. Les enfants couraient en tous sens en brandissant leurs petits drapeaux verts, l'école allait fermer, les instituteurs retourner en France, laissant la place, espéraient-ils, aux camarades soviétiques. Le pauvre berger au fusil était revenu, il n'était finalement qu'un berger tabassé et mis sous les verrous pour rien ; pendant son séjour en prison, ses chèvres avaient disparu. En attendant, tout le monde devait rester dans le camp de regroupement et se préparer à acclamer dans trois mois, bien rangé sur le bord de la route, agitant les petits drapeaux, le passage de l'Armée de libération nationale et les futurs gouvernants de la République algérienne.

Les indépendances commencent toujours bien.

Très curieusement, le haut-commandement avait décidé en accord avec celui de l'ALN de faire occuper le no man's land au-delà du barrage électrique par des sections de chacune des armées postées tous les quatre ou cinq kilomètres au sommet d'un piton, se regardant en chiens de faïence. Un jour sur quatre, Max allait donc s'installer avec sa section dans un camp fait de minuscules tentes militaires où il passait son temps à lorgner à la jumelle les faits et gestes de l'ex-ennemi.

Le reste du temps, il coulait des jours heureux dans les bras de Leila, ils avaient la petite maisonnette pour eux seuls, Zohra avait disparu sans rien dire à personne.

Le journal intime de Monika
Saint-Étienne, 1962

Note de l'auteur :

J'ai bien conscience que le coup du journal intime est un artifice littéraire usé jusqu'à la corde, un tapis dans un vide-grenier. Mais, outre qu'à peu près tout ce qui compte dans la littérature en a usé et abusé, il se trouve :

1. que c'est très pratique pour rompre la monotonie du récit,

2. que c'est tout à fait plausible puisqu'en ce début des années soixante, les jeunes filles qui ne s'intéressent alors ni au foot, ni à la télévision (une seule chaîne noir et blanc, de piètre qualité, dont la vedette quasi quotidienne est un vieux général un peu chevrotant), qui n'ont le droit de sortir que le samedi soir (avec obligation de rentrer avant dix heures, sinon taloches, privations, ou les deux), ces jeunes filles donc confient à un journal intime, cadeau maternel pour leur seize printemps (leur mère en tient un aussi, noirci de remords, de regrets, ou les deux), leurs frustrations, leurs rêves, leurs fantasmes, leurs désirs d'indépendance (quitter le domicile familial confortable pour une chambre de bonne mal chauffée), de sexe (celui d'un mari), d'enfants (la pilule n'est encore qu'à l'étude dans le laboratoire du docteur Pincus, Massachusetts).

Ces arguments exposés, je ne vois aucune raison de m'en priver. Ce journal-ci en l'occurrence est en similicuir rose, muni d'une fermeture en or (en réalité en laiton), d'un lilliputien cadenas et de sa clé dorée.

Samedi 13 janvier 1962

Hier, on a enterré la vie de jeune fille de Marie-France, je suis rentrée un peu pompette, ma mère m'attendait, on n'a pas fait de bruit pour pas réveiller mon père, sinon qu'est-ce que j'aurais pas entendu ! Maman est d'un naturel plus coulant (comme un camembert, hi hi hi). C'était Marie-France qui devait être la reine de la soirée, mais on a parlé que de la guerre à cause des commandos. C'est parce que mon Canard les rejoint. Les copines étaient un peu jalouses, j'adore quand elles sont jalouses. Faut dire qu'elles sont pas aussi bien loties que moi, le copain de Claudie fait son service militaire en Allemagne d'où il n'écrit même pas tellement il s'ennuie, les autres jouent au baby-foot au Balto les trois-quarts du temps, et le pire de tous c'est le futur marié qui offre jamais rien à Marie-France alors qu'ils sont fiancés (bien obligés elle accouche dans cinq mois), non, lui il s'intéresse plus au stade Geoffroy-Guichard qu'au prénom du bébé, pourtant Vincent c'est joli et y en a pas beaucoup. Marie-France commence à se demander si elle a tiré le bon numéro. Nous, on lui dit pas mais on peut pas le voir en peinture, en plus son mec s'appelle Dédé, j'aimerais pas que mon Maxou s'appelle Dédé. Bref, quand j'ai dit que mon Canard était dans un commando, elles ont ouvert des yeux ronds comme des soucoupes, on ne savait pas très bien ce que devait faire un commando, à part Marie-Paule parce que son père est gendarme. Un commando, d'après elle, c'est des soldats d'élite qui combattent les ennemis avec des baïonnettes et des coutelas, le mot coutelas nous a fait trembler bien qu'on ne sache pas où elle a pu le dénicher, peut-être que les gendarmes ont des coutelas. J'ai fait la fière mais je ne suis pas rassurée de savoir que mon Canard fait la guerre avec un coutelas. Il faudra que je lui pose la question. D'un autre côté, je vois pas trop pourquoi il irait occire des Arabes alors que tout le monde sait que la guerre va finir dans quelques semaines, c'est pas la peine qu'il prenne des risques avec son coutelas. Il sonne bien ce mot, j'imagine Max avec son arme fichée dans la ceinture, mon héros, mon Tarzan ! Que la guerre soit finie, c'est une bonne nouvelle et pourtant mon père n'est pas content, il dit qu'on a fait huit ans de guerre pour perdre l'Algérie et le pétrole, que le général s'est déculotté devant les Arabes, il n'aime pas le général. Monsieur Marchand pense pareil. Roger n'a pas vraiment d'idée sur la question, par contre, sur mon soutien-gorge, il en a plein j'ai l'impression, je le fais un peu tourner en bourrique. Faut bien s'amuser.

Jeudi 18 janvier 1962

J'ai écrit à mon Maxou que j'ai décidé qu'à sa prochaine permission on fera l'amour. Déjà quand il est venu à Noël, j'ai eu bien du mal à lui résister. Advienne que pourra, si on fait un bébé, au moins celui-là ne sera pas un accident, pas comme celui de Marie-France obligée d'épouser son Dédé. Max et moi on se mariera et on fera trois enfants (pas plus). Je pensais lui faire drôlement plaisir en lui annonçant la nouvelle mais il ne me répond pas, je suppose qu'il doit chasser les ennemis avec son coutelas.

Avec ma nouvelle paye, je pille les Nouvelles Galeries. J'ai acheté une jupe qui m'arrive au-dessus du genou, mon père a frisé l'apoplexie : tu vas pas aller au bureau avec ça ? Je lui ai répondu que non, c'était pour aller à la messe, et vlan ! il m'en a collé une. Mon père, il est borné, mais je l'aime bien, il est d'une autre époque. J'ai aussi acheté des dessous qui vont affrioler mon Maxou.

Roger m'a demandé des nouvelles de mon héros de soldat. Je lui ai dit qu'il se battait avec vaillance et avec un coutelas, la tête de Roger ! Le pauvre, il me fait pitié avec sa femme qu'a toujours un pet de travers. Enfin, chacun sa croix comme dit monsieur Marchand (lui aussi lorgne mes seins en parlant de sa croix !).

Je commence à m'inquiéter. J'aimerais que mon Canard me réponde...

Dimanche 28 janvier 1962

Toujours pas de lettre de Maxou, je me sens mal. Je suis allée voir ses parents mais ils n'ont pas de nouvelles non plus, ce qui veut pas dire grand-chose puisqu'il ne leur écrit jamais. Eux sont pas inquiets, s'il était mort, ils le sauraient. Ma future belle-mère (j'anticipe un peu !) est très gentille, je la trouve même jolie pour une vieille dame (quarante-quatre ans).

Je ne sais plus quoi faire pour mon Maxou. À part attendre, et espérer qu'une lettre m'arrive bien vite et me rassure.

Dimanche 11 février 1962

J'aurais jamais cru qu'on puisse verser autant de larmes.

Je pleure en continu. La nuit, quand je me réveille, mon oreiller est une éponge, je bave, je renifle, la morve me coule du nez, je suis laide et tellement malheureuse. Je le déteste et je l'aime encore, pauvre conne. Je veux le dire à personne, ça rendrait les choses trop réelles. Et puis mon père serait trop content de se débarrasser du fils du mineur, un communiste ! Devant Marie-France et Claudie qui étaient jalouses de mon bonheur, je pourrais pas... C'est injuste. Ce crétin de Roger (je le supporte plus celui-là avec ses manières de cureton), il voit bien mes yeux rouges, il essaye d'être gentil mais il s'y prend comme un manche. De toute façon, il n'a aucune chance, je n'aimerai jamais un autre homme. JAMAIS.

D'abord, sa biche, Jonquille c'est un nom de biche ça ? j'en ai rien à faire, qu'il se la bouffe sa Jonquille, qu'il s'étouffe en la bouffant, sa Jonquille !

Le plus dur c'est sa Berbère ! Ça rime avec vipère. Elle doit être sacrément jolie pour qu'il l'appelle sa sorcière, même si je sais bien que dans sa bouche c'est une gentillesse. Je peux pas lui en vouloir à cette fille, elle y peut rien elle, il est tellement beau mon Canard. Quelle idiote je suis, c'est plus mon Canard.

Je vais lui écrire, peut-être qu'il peut encore me revenir ? Je sais bien que les hommes ne changent pas, mais si j'essaye pas, alors je m'en voudrais toute ma vie.

Mercredi 21 février 1962

Il n'a pas répondu à ma lettre. C'est bien fini. J'ai envie de mourir.

Dimanche 25 mars 1962, 10 heures du soir

Ça fait plus d'un mois que je n'ai rien écrit, j'étais trop triste. Et puis il s'est passé une chose bizarre : j'ai cédé aux avances de Roger.

En réalité, c'est un vrai gentil, un bon toutou, il me regarde comme si j'étais la Sainte Vierge (du coup je ne le suis plus, je veux dire vierge). Moi j'étais prête à me donner à Max, et seulement à Max, mais j'ai fini dans les bras d'un remplaçant. Voilà comment ça s'est passé : je voulais mourir et Roger s'est aperçu que j'avais un chagrin d'amour. Il en a profité, il m'a consolée et m'a offert un cadeau, une chaîne en or avec un diamant (minuscule, mais ça m'a touchée). Il était tout fébrile quand j'ai ouvert la boîte, il avait peur que ça me plaise pas et comme ça me plaisait il me l'a accrochée dans le cou, je lui ai fait une bise, il a cru défaillir, c'était mignon. Après de fil en aiguille, on a échangé un premier baiser dans sa voiture, il embrasse très bien, moins bien que Max, il est moins, comment dire ? fougueux, ses baisers sentent le tabac mais c'est pas désagréable. Tous les jours, il passe me prendre à l'arrêt du bus et m'emmène à l'usine dans sa Dauphine, le soir il me ramène, on en profite pour s'embrasser, il a les mains baladeuses, ça me plaît, il farfouille sous ma jupe et me pelote les seins, il dit qu'il les adore, qu'il n'a jamais vu des seins aussi beaux – quand je vois ceux de sa femme, des œufs sur le plat, je veux bien le croire. Dimanche dernier, il a prétexté je ne sais quoi et m'a emmenée dans le studio de sa sœur en stage à Marseille, elle veut entrer dans les douanes si j'ai bien compris, il a la clé pour arroser les plantes. Il faisait pas chaud, il a allumé un radiateur électrique, on s'est mis au lit, il m'a déshabillée, et c'est arrivé ! Moi d'abord je voulais pas, et finalement il s'y est bien pris, j'ai eu envie. Ça m'a fait moins mal que j'imaginais, j'ai pas saigné, il a joui très vite, j'ai pas joui, il était tout penaud. Après ça s'est arrangé quand on a recommencé.

Cet après-midi, on y est retournés, le stage de sa sœur s'achève la semaine prochaine, je ne sais pas où on va aller. Là, c'était vraiment bien, je lui apprends des choses, il est tout étonné, il ne fait pas ça avec sa femme, des trucs qu'on faisait avec Max pour que je reste pucelle, j'adore ce mot, ça fait penser à Jeanne d'Arc. Je n'arrive pas à oublier Max mais faire l'amour ça m'aide, c'est bon. Pour pas faire de bébé (surtout avec Roger), il se retire avant de jouir en soufflant comme un phoque (enfin je dis ça mais je sais pas comment souffle un phoque après l'amour, vu que j'en ai jamais vu, de phoque !). Où ça va nous mener ? J'en sais rien, je vis au jour le jour.

Et je pleure de moins en moins.

Lundi 23 avril 1962

Avec Roger, c'est compliqué. Sa sœur est revenue, alors on fait l'amour dans sa voiture. La Dauphine, c'est minuscule, la première fois c'est excitant, après beaucoup moins. On peut pas aller à l'hôtel parce que j'ai vingt ans, qu'on doit présenter ses papiers, remplir des fiches de police et c'est interdit d'aller à l'hôtel avec des mineurs. On est allés dans les champs, c'était bien mais frisquet, on n'est qu'en avril. Après, quand on a eu fini, quand je me suis couchée à moitié nue sur le dos, au milieu des pissenlits jaunes, sous les nuages qui défilaient dans le ciel au-dessus du crassier, j'ai pleuré des grosses larmes, je me revoyais au même endroit, dans les mêmes fleurs, sous les mêmes nuages, avec mon Canard, si tendre et si dur à la fois. Roger n'a pas compris, bien sûr. Il m'énerve, il a toujours peur de se faire surprendre par sa femme, l'autre jour on l'a croisée, on était dans la Dauphine, heureusement elle nous a pas vus, mais Roger était paniqué. Ça devient pénible. Avec lui, je vais nulle part. Je n'ai aucune nouvelle de Max. Comme la guerre est finie il va revenir à Saint-Étienne. Si je le croisais avec sa Berbère, on ferait quoi ? J'ose même pas y penser.

Dimanche, c'était Pâques, je me suis goinfrée de chocolat. Je vais devenir une grosse vache. Je m'en fous. C'est pas drôle la vie.

Mercredi 2 mai 1962

Hier, c'était le 1er Mai. J'avais décidé d'arrêter ma liaison avec Roger. Il est gentil, il fait assez bien l'amour, il me mange dans la main, mais je n'ai pas envie d'un homme qui me mange dans la main, c'est plutôt le contraire, j'ai envie de manger dans la main d'un homme énergique, autoritaire, un homme comme Max ! On avait rendez-vous, il a dit à sa femme qu'il allait défiler avec les communistes, et elle l'a cru ! Alors que lui-même se dit gaulliste. Décidément, elle est stupide en plus d'être moche. La politique, j'y connais rien, ce que je voulais c'était me libérer, j'en ai marre d'être une maîtresse, de le voir trembler de se faire gauler. Ça a été affreux. On était dans sa voiture, il pleuvait, les communistes rentraient chez eux avec leurs banderoles pliées, trempés comme une soupe, il y avait de la buée sur les vitres, Roger pleurnichait, il jurait qu'il allait quitter sa femme, m'épouser, qu'il était fou de moi, qu'il allait se tuer si je l'abandonnais. Et là, d'un seul coup, je me suis mise à le mépriser, comment j'avais pu me donner à ce type qui se tordait les mains dans sa misérable bagnole en sanglotant comme un gamin ? Je suis sortie sous la pluie, j'étais légère, libre, joyeuse, je suis entrée dans un café, j'étais une fille seule, les gens m'ont regardée de travers comme si j'étais une prostituée, mais ça m'était égal, j'ai commandé un chocolat.

Est-ce que je commence à revivre ?

Samedi 2 juin 1962

Jeudi, d'un seul coup, je me suis rendue compte que je n'ai pas eu mes règles depuis... depuis au moins six semaines ! J'ai mal aux seins, j'ai mal au cœur, je suis enceinte, c'est la catastrophe. Si je le dis à ma mère, elle le dira à mon père et si mon père l'apprend, il me tue. Je dois avorter, mais comment on fait pour avorter ? On fait ça où ? À qui on demande ? À Roger ? Sûrement pas, c'est sa faute, jamais j'aurais dû. Claudie peut-être ? Sa sœur est infirmière, elle doit savoir, elle est discrète Claudie, elle dira rien à personne.

Mais pourquoi ? POURQUOI ?

Dimanche 10 juin

Je dois l'écrire pour que plus jamais ça m'arrive, pour le graver dans ma mémoire, pour que si un jour j'ai une fille, ça ne lui arrive pas, c'est la pire chose qui puisse arriver à une fille, même à madame Hitler je lui aurais pas souhaité ça, cette HORREUR ! Comme je l'avais prévu, la sœur de Claudie m'a donné une adresse, mais j'ai bien senti qu'elle le faisait à contrecœur quand elle m'a demandé si j'étais sûre de moi. Je n'ai pas hésité. Elle m'a dit que je devais faire « ça » ailleurs qu'à Saint-Étienne où tout se sait, elle m'a envoyée à Lyon où une de ses amies pourrait me loger et s'occuper de moi. J'ai dit à mes parents que j'étais invitée à la campagne chez une copine pendant le week-end, que je devais partir vendredi après le travail, que j'irai pas au bureau samedi matin, que monsieur Marchand était d'accord et m'avait donné un congé. Il ne m'a rien donné du tout mais je m'en fichais bien. À Lyon, l'amie de la sœur de Claudie s'appelle Nicole, elle est très gentille, elle m'a bien reçue. Nous avons dîné dans son petit studio, elle me parlait avec sa voix douce, il faisait très chaud, la fenêtre était ouverte, elle habite dans le quartier Saint-Jean, un quartier délabré pas très bien fréquenté, il y avait de la musique d'accordéon qui montait de la rue. Elle a tout fait pour me rassurer, elle a préparé un lit de fortune sur des coussins et m'a embrassée en me disant que tout irait bien. Le lendemain, après son travail, elle m'a emmenée à travers les rues de son quartier, un quartier noir et sale et bruyant, jusqu'au fond de la cour d'un immeuble, nous avons frappé à une porte vitrée, avec des rideaux. Une grosse femme nous a ouvert, elle s'essuyait les mains dans un torchon. Un homme, son mari je pense, et trois enfants mangeaient à table, la radio parlait d'un match de sport, ça sentait les poireaux bouillis, il y avait une cage à oiseaux, je sais pas pourquoi, ces oiseaux m'ont fait peur, je me suis mise à trembler, Nicole m'a serrée contre elle. La femme nous a dit que nous étions en avance, qu'elle nous attendait plus tard, elle nous a dit de nous asseoir, qu'ils allaient finir leur repas. Au bout d'un moment, elle a fait sortir les enfants dans la cour, a débarrassé la table, passé une éponge sur la toile cirée puis elle a dit à son mari « Georges, monte le son et tourne-toi ». Il s'est assis dans son fauteuil, a mis le son de la radio au maximum ; la femme a dit « si elle doit chougner c'est pas la peine que tout le monde en profite », Nicole était toute pâle. La femme m'a demandé si j'avais l'argent, elle l'a compté avant de le fourrer dans son soutien-gorge. Elle m'a dit d'enlever ma culotte, m'a fait allonger sur la table et a écarté mes cuisses. Elle était très forte, j'ai fermé les yeux, il y a eu une odeur d'éther, des bruits de frottement de métal, un type a marqué un but, la radio hurlait, quelque chose de froid m'entrait dans le corps, fouillait mon sexe, une douleur brutale, très brève, j'ai crié et puis plus rien, c'était fini. Je me suis redressée, j'ai remis ma culotte, la femme m'a donné une serviette hygiénique, au cas où je saignerais et si c'était le cas, si les saignements étaient trop abondants, il faudrait que j'aille à l'hôpital pour un curetage, dire que c'était une fausse-couche spontanée. Quant à elle, on ne l'avait jamais vue. C'était tout, on est reparties. Nicole était muette, blanche comme un linge, elle serrait les dents, les larmes aux yeux, on est entrées dans un bistro, il n'y avait que des hommes, ça sentait le café, le marc d'alcool, la fumée de Gauloises bleues, Nicole a demandé un calva qu'elle a avalé d'une traite, je n'ai rien voulu boire, la tête me tournait, je voulais dormir. Dormir, seulement.

En arrivant au studio de Nicole, je me suis couchée, Nicole m'a préparé une tisane, mais je n'ai pas réussi à m'endormir. Le soir on a dîné, je n'avais pas faim, j'ai juste avalé une soupe de légumes. Nicole m'a laissé son lit, c'est elle qui a couché sur les coussins. Je n'oublierai jamais cette femme, sa compassion, sa gentillesse, son courage, pour moi elle a risqué la prison. Cette fois, je me suis écroulée comme une masse. À quatre heures du matin, la douleur m'a réveillée, le lit était inondé de mon sang malgré la serviette hygiénique, j'avais l'impression qu'on me donnait des coups de poignard dans le ventre, c'était une souffrance horrible, j'ai crié, j'ai appelé Nicole, je me suis levée, c'était atroce, j'ai enfilé un manteau, mis mes chaussures, Nicole me soutenait pour descendre l'escalier, on a marché longtemps jusqu'à l'hôpital, on ne pouvait pas prendre un taxi, je saignais trop, j'avais honte. Aux urgences, ils ont refusé de m'admettre, soi-disant ils n'avaient pas le droit de soigner les avortées, ils n'ont pas cru à mon histoire de fausse-couche spontanée. Une femme nous a indiqué une clinique pas trop regardante, on a continué dans les rues, tellement longtemps, j'étais à bout de force, Nicole me portait presque à la fin. Quand on est enfin arrivées, ils m'ont dit « Attendez-là » en me désignant une chaise de métal, je me suis effondrée sur le carrelage, Nicole s'est mise à hurler que j'allais mourir si on ne faisait rien, ça les a affolés, ils m'ont emmenée dans une pièce, m'ont allongée sur une sorte de civière où une femme m'a nettoyée, a fouillé dans mon ventre, la douleur était insupportable, je l'ai suppliée d'arrêter, la femme m'a dit « fallait y penser avant, ma petite ». Penser à quoi ? Avant quoi ? Avant l'amour ? Avec la tête qu'elle a, ça n'avait pas dû lui arriver souvent, mais mon Dieu que j'avais mal ! Pourquoi on ne m'avait pas donné un médicament pour me soulager ? Ça ne se fait pas pour un curetage ? Sans doute il faut payer cher le prix du péché ? Après coup, Nicole m'a dit qu'elle avait eu envie de tuer tous ces gens. Ça a duré longtemps, la femme pestait, elle n'y arrivait pas, elle a appelé une sage-femme qui m'a examinée, m'a calmée, elle a dit à l'autre de s'en aller. Elle m'a soulevé la tête pour m'aider à boire une potion, après ça allait mieux, elle était douce, j'ai cessé d'avoir peur. Quand ça a été fini, elle m'a dit de me reposer, que tout s'était bien passé, que j'avais eu beaucoup de chance, j'aurais pu mourir, que je n'aurais pas de séquelles. Elle m'a souri en partant, je n'oublierai jamais ce sourire. Comme je n'oublierai jamais Nicole.

Mais je n'oublierai jamais ça non plus.

PARADIS
Algérie, avril 1962

LES PEUPLES HEUREUX n'ont pas d'histoire: en ce 19 mars 1962, les hommes sortirent de l'Histoire avec l'espoir d'entrer dans le bonheur.

C'était très étrange. Le fracas des armes, encore qu'elles fussent devenues bien peu fracassantes, s'était tu. Ils avaient l'impression d'entendre à nouveau chanter les oiseaux, c'était idiot, les oiseaux se fichent de la guerre. Sur le faîte des eucalyptus, les cigognes étaient revenues, faisaient claquer leur bec en rafales de pistolet-mitrailleur. Le soleil du printemps chauffait la terre où déjà levaient les blés verts.

C'était très étrange. Ils marchaient sans armes, sans casques, sans soucis. Les paysans du camp de regroupement avaient ouvert des brèches dans les barbelés, partaient dans les collines redresser les murs des mechtas dynamitées depuis longtemps, envahies de ronces et de lierre, de lézards et de scorpions, les petits bergers emmenaient très loin leur troupeau de chèvres et de moutons, passaient leurs nuits sous les étoiles à respirer les fleurs nouvelles du thym.

C'était très étrange. Il ne se passait rien, rien que le réveil de la nature et la paix. Une sorte d'euphorie avait envahi les cœurs des soldats et des paysans.

Ils étaient en vacances, dans cette belle Algérie. Il y avait parmi eux des agriculteurs, des marins, des montagnards, chasseurs alpins oblige, ils connaissaient la nature, ils y étaient à l'aise. La région regorgeait d'un gibier qui n'avait pas été chassé pendant les années de guerre : des hardes de cervidés et des sangliers ravageurs de cultures, des porcs-épics, des lièvres, des bécasses, des perdrix, des oiseaux migrateurs par milliers, canards, sarcelles, oies, outardes que le printemps ramenait sur le bien-nommé lac des Oiseaux. Ils partaient à la chasse avec les fins limiers arabes du camp de regroupement qui avaient comme par enchantement retrouvé les fusils interdits depuis des années, qu'ils chargeaient de chevrotines pour le gros gibier, de plombs pour le petit.

À une dizaine de kilomètres, il y avait la mer qui pullulait de rascasses, de rougets, de loups, de congres, de murènes, de sars, de girelles, de mérous, de chapons, ils y partaient à pied aux heures fraîches du matin, ils jetaient deux ou trois grenades offensives dans la mer, des centaines de poissons remontaient, assommés, à la surface. Il n'en surnageait qu'un tiers, la plus grande partie restait au fond. L'eau n'était pas très chaude, mais ils plongeaient pour aller chercher les autres, ils mettaient un point d'honneur à n'en oublier aucun. À midi, on allumait un feu et on grillait quelques poissons que l'on dégustait avec de grandes goulées de harrach rouge, ce vin au goût de pierre, quatorze degrés.

Plus tard dans la saison, alors qu'ils s'avançaient vers la mer, droit devant eux, ils virent des milans piquer comme des flèches vers le sol, ils y chassaient dans les herbes leur pitance. Et, soudain, ils furent entourés de centaines de serpents noirs qui rampaient à une vitesse incroyable dans le sable, tous dans la même direction, trop petits pour des couleuvres, la tête trop ronde pour des vipères, c'était des serpents africains qu'ils ne connaissaient pas, ils ne savaient pas s'ils étaient venimeux, ils passaient entre leurs pieds sans ralentir. Ils étaient immobiles, pensant que le moindre mouvement risquait de les énerver. Leur nombre croissait sans cesse, les milans emportaient dans leurs serres les reptiles affolés qui se tordaient de désespoir. Ils étaient tétanisés quand un bidasse natif de Vendée se pencha et réussit à capturer l'un de ces serpents en annonçant tranquillement qu'il ne s'agissait que d'anguilles, de retour de la mer des Sargasses. Après des milliers de kilomètres d'océan, elles traversaient maintenant la bande de maquis qui les séparaient de leur destination, le lac des Oiseaux, à croire qu'elles avaient eu vent de la fin de la guerre et qu'elles reprenaient possession de leur logis. Le Vendéen ramassa un bâton, vite imité par les soldats. Ils firent un massacre qui se transforma le soir en une gigantesque matelote.

Plus tard, à la fin du mois de juin, le même Vendéen leur apprit à pêcher les grenouilles qui grouillaient par milliers dans les fossés du bord de la route. C'était très amusant, il suffisait d'une tige de roseau, et d'un petit morceau de chiffon rouge attaché à une ficelle, il fallait faire trembler cet appât à la surface de l'eau pour qu'une grenouille vorace venue d'on ne savait où se précipitât sur le leurre. Un coup sec l'arrachait hors de l'eau, elle se retrouvait dans un seau, assommée sur la semelle d'une ranger, écartelée et les cuisses déjà ouvertes, prête à se faire sauter à la poêle.

Les repas de la cantine se transformèrent en agapes.

En fin de journée, quand déclinait la chaleur, ils organisaient des tournois de volley-ball ou de pétanque, les perdants offraient l'anisette aux vainqueurs. On se couchait tard, après des parties de belote interminables.

En même temps, une inquiétude sourdait, de quoi les lendemains seraient-ils faits ? Comment les pieds-noirs et les Arabes allaient-ils réussir à vivre ensemble après huit ans de crimes, d'attentats, de haine? Entre le cessez-le-feu et l'indépendance, moins de trois mois suffiraient-ils à panser les plaies? Parmi les harkis, l'angoisse montait, personne ne leur parlait d'un quelconque avenir, encore moins d'un transfert vers la France.

Un jour sur quatre, la section de Max occupait le mini-campement dans le no man's land, à quelques centaines de mètres de celui de l'ALN, conformément aux accords de cessez-le-feu. Ils s'étaient installés sur un petit promontoire, ce qui permettait d'observer à la jumelle les ex-ennemis. Une cuisine de campagne sommaire avait été aménagée, des latrines et un trou pour les détritus avaient été creusés. La nuit, pour rigoler, on défouraillait au pistolet-mitrailleur sur les chacals imprudents qui venaient fouiller les ordures. Deux ou trois fois par jour, Max organisait une patrouille destinée surtout à dérouiller les jambes, cinq ou six kilomètres, en évitant de s'approcher trop près du campement des Algériens. Qui en faisaient autant. Sa section arrivait en fin d'après-midi et était relevée au bout de vingt-quatre heures. On s'ennuyait un peu, on lisait, on tapait le carton, on fumait beaucoup, on buvait du café apporté dans des thermos, on laissait filer le temps. Rapidement, on oublia le camp d'en face et on s'amusa à poser des collets aux lapins.

Un soir où ils avaient allumé un feu pour le plaisir de voir danser les flammes, alors que Max, à demi allongé sous les étoiles, tirait laborieusement sur sa Troupe, son fameux sergent-chef couvert de cicatrices, de tatouages et de médailles, bête à manger du foin, vint lui dire qu'il avait repéré un harki, Hassan, qui, selon lui, avait l'intention de déserter en volant un fusil-mitrailleur et de rejoindre le campement des « salopards » – ainsi qualifiait-il les fellaghas, à l'instar de nombreux sous-officiers d'active. Comme

Max lui demandait d'où il tirait ce renseignement, il lui répondit qu'il avait cinq ans d'Indochine et qu'on ne la lui faisait pas. Argument massue. Il suggérait d'emmener ce traître dans une « corvée de bois », sorte de nom de code d'où l'on ne rapportait jamais de bois, et de l'exécuter d'une rafale malencontreuse. Max dit qu'il allait réfléchir à sa proposition et partit à la recherche de Hassan. C'est un fait bien établi, les crétins ont souvent raison, le harki avait bel et bien l'intention de rejoindre l'ALN, il l'avoua tout net, ajoutant qu'il lui fallait emporter une arme, c'était une condition exigée par le FLN. Il avait très peur car il avait compris que le vétéran d'Indochine avait l'intention de le tuer. Max n'a pas hésité longtemps, sûr que le sergent-chef allait mettre son projet à exécution.

Le lendemain, il organise une patrouille avec la moitié de la section, confie la garde du campement à son adjoint et emmène Hassan avec lui. Ils marchent une bonne heure, Hassan regarde Max avec une mine suppliante. Max lui fait signe de marcher en queue de colonne. Quelques centaines de mètres plus loin, le harki a disparu avec son pistolet-mitrailleur. Personne n'est dupe.

Max écopa de huit jours d'arrêt, c'est-à-dire de rien puisqu'ils étaient en campagne. Mais dès lors, les harkis ne furent plus autorisés à sortir dans le no man's land, pas question de généraliser les désertions.

Quant à Max, il passa ses nuits d'arrêt et beaucoup d'autres dans la petite maison blanche du camp de regroupement.

– عندك مرا في فرنسا ؟
– Tu veux dire quoi, Leila ?
– Tu as une femme en France ?
– J'en avais une. Mais c'est fini.

– À cause de moi.

– Oui, à cause de toi. Mais c'est pas ta faute, c'est la mienne, je me suis laissé ensorceler.

– Je ne suis pas une sorcière. Elle est gentille ?

– Oui, très. Très jolie aussi.

– Une blonde ?

– Oui, une blonde.

– ايه علابللي قاع الروميات بلوندات.*

Leila ne connaît pas les codes de la séduction, quand elle désire une chose, elle s'en empare, ne demande pas la permission, comme à cinq ans lorsqu'elle s'était emparée des moustaches de Jacques. Leila ne connaît pas la pudeur, elle est nue, miel et caramel, fesses rondes, peau de satin, accroupie devant le réchaud à faire bouillir le thé à la menthe dans la théière rouge, elle se redresse, fière de sa jeunesse, verse de très haut le breuvage sucré qui glougloute dans le quart en aluminium. Leila craque une allumette, Max tire une longue bouffée de fumée âcre, le thé, la paix et Leila, il vogue au paradis.

– Tu sais ce que je vais faire quand je serai ta femme, en France ? J'irai dans une école pour devenir docteur, docteur pour les enfants. Comme ça un jour, nous pourrons revenir soigner les enfants d'ici qui sont si maigres, surtout les petites filles.

– Tu veux devenir docteur ?

– Oui. Il y a une école de docteur à Saint-Étienne ?

– Oui, il y a tout à Saint-Étienne, des cinémas, des grands jardins, des magasins avec des belles robes, des restaurants, c'est la plus belle ville de France, tu verras.

– Je ferai des études, je sais lire, écrire, compter en français, en arabe aussi, je connais la géographie et les départements. Pose-moi une question.

* Je sais, toutes les Françaises sont blondes.

– Une question ?

– Une question sur les départements.

– Hmmm. L'Ariège. Je sais même pas où c'est l'Ariège !

– Foix. Pamiers. Saint-Girons !

Il se garde bien de parler de La Ricamarie, de la mine, des crassiers, de la cokerie, des usines, des rues noires et sales, de sa famille de mineurs, des Arabes mal-aimés, mal logés, de l'accueil qui lui sera réservé. Pour l'heure, il fait chaud, la lampe à pétrole fait danser des reflets sur la peau de Leila, elle se niche dans ses bras.

– « *Ma tourterelle, ma fille à moi, ma toute belle, ma frangine d'amour, ma maman…* »

– !!! أنا ماشي يماك Je ne suis pas ta maman !

– C'est une chanson, mon amour.

– Moi aussi je sais chanter. Tu veux que je chante.

– Oui, chante.

– « *La belle de Cadix a des yeux de velours, la belle de Cadix ne connaît pas l'amour, lalalala, la la…* »

Max sourit.

– Je t'ai écrit un poème, dit-il.

– Un poème ? Je connais des poèmes, *Le corbeau et le renard*, *La cruche cassée*. Récite-moi ton poème pour moi.

Il se fait prier, caresse ses seins. Puis il dit :

« C'est une gamine
Qui n'a pour poitrine
Que deux p'tits boutons
De rose pompon »

– Tu aimes ?

– Je ne sais pas. C'est tout ?

– Non, il y a une suite.

– Dis-la moi.
« À la pointe de ses seins
Elle pique sur un bouchon
Com'des papillons de nuit
De doux amants qui s'enfuient. »

Sein et bouchon n'est pas une rime riche, ça n'est pas une rime du tout. « Nichons » eut été d'un meilleur effet acoustique, mais Max ne peut se résoudre à cette trivialité pour sa bien-aimée.

Leur joli printemps fut éphémère: si l'Algérie crut quitter l'Histoire pour le bonheur, l'Histoire la reprit vite, le bonheur ne dura guère.

L'OAS s'activait dans tout le pays, excitait les pieds-noirs qui commençaient à organiser des manifestations dans les villes, à la fois contre le gouvernement français, contre l'armée, contre les Arabes. Ces manifestations devenaient de plus en plus dangereuses et une étincelle risquait à chaque instant de mettre le feu aux poudres. Les chasseurs alpins reprirent leurs armes et repartirent pour Bône tenter de maintenir l'ordre.

Cette fois, l'ennemi avait changé, l'ennemi n'était plus les fellaghas, l'ennemi était les pieds-noirs soutenus par quelques soldats que l'on disait perdus.

Guet-apens
Algérie, mai 1962

Bône, qui a depuis repris son nom antique d'Annaba, était en ce mois de mai 1962 une ville portuaire très française. Saint Augustin est né dans un bled du coin, Souk-Ahras, il était donc berbère, en conséquence de quoi s'élève sur une hauteur dominant la ville une basilique arabo-byzantine qui porte encore aujourd'hui le nom du saint. En descendant vers le port, toujours en cette année 1962, on suit le cours Bertagna, patronyme d'une famille de riches colons, aujourd'hui cours de la Révolution, coupé par des rues à la gloire des grands hommes de la IIIe République, Gallieni, Hugo, Gambetta, puis on traverse la place Thiers ornée de la statue du salopard fusilleur de la commune de Paris, pour reprendre les termes de Mario, et enfin on atteint les quais du port, flanqués à l'ouest d'une vieille ville aux ruelles étroites et aux façades lépreuses où vivent les populations arabe et berbère. Ce quartier misérable abrite le bordel de Bône, le Panier Fleuri.

Un peu au-dessus du cours Bertagna, il y a le stade municipal, appelé stade Philippe-Pétain (on espère que c'est le Pétain vainqueur de Verdun, pas l'autre, le salopard… etc.), dont le gardien est un pied-noir d'origine sicilienne, père d'une fille unique d'une vingtaine d'années, prénommée Mireille – qui va avoir un beau rôle dans cette histoire, ça va être chaud bouillant, mais patience.

Le thermomètre accuse les trente degrés. Durant les heures les plus chaudes, la ville est calme sous la torpeur. Petit à petit, après une sieste respectée par tous, les rues s'animent, les boutiques se remplissent, les écoles sont bruyantes, les femmes européennes en robe légère, bronzées par les premiers dimanches à la plage, font leurs emplettes, suivies de leur domestique arabe, dans les marchés aux senteurs méditerranéennes, interpellées par les marchands en djellaba et chéchia rouge. Quand la chaleur s'apaise un peu, à l'heure de l'apéro, les terrasses des cafés, les allées bordées d'arbres qui ont connu la conquête, sont envahies par une foule bavarde, les braseros fument, embaument l'air d'odeurs de merguez, de petites brochettes de foie, de cœur, de rognons de mouton, qu'on déguste en sirotant un verre accompagné de la *kémia* avec ses poivrons grillés, oignons frits, beignets au cumin, carottes ou pommes de terre pimentées parfumées à la coriandre, on picore avec des cure-dents, ça appelle le blanc rocailleux, le rosé frais, l'incontournable anisette Gras, c'est le nom du fabricant pied-noir, toute l'Algérie carbure à l'anisette Gras. Ils sont élégants ces pieds-noirs, vêtus de clair, bien chaussés, bien chapeautés, leurs jolies femmes sont vives et coquettes, ils viennent de partout, les Juifs d'Espagne, chassés par les rois catholiques, sont arrivés là plus de quatre siècles auparavant, les Siciliens, les Calabrais, les Maltais depuis la nuit des temps, les Provençaux, les Corses, les Bas-alpins ont débarqués après la conquête de l'Algérie en 1830, à la recherche d'une terre plus hospitalière, les Alsaciens ont fui la botte prussienne après la défaite de 1870, et tous ici émaillent leurs propos de « po po po », de « purée » ou de « la vie de ma mère », dans ce drôle d'accent pied-noir, avatar d'un lointain provençal. Il y a les riches colons qui, dans la journée, parcourent leurs plantations, motivent avec paternalisme des ouvriers agricoles, des paresseux sous le cagnard, à petits coups de chiquotte sur les mollets, rien de bien méchant, tout juste humiliant. Ils portent cravate et leggins, panama blanc, ils ont le verbe haut, il y a belle lurette qu'ils ont mis leur argent à l'abri en France, envoyé leur progéniture dans les bonnes écoles de Nice ou de Paris. Mais à part les colons, dans leur immense majorité, ces pieds-noirs ne sont pas bien riches, simplement ils aiment avec ferveur, avec maladresse, cette Algérie qu'ils sont en train de perdre. Il y a aussi quelques notables arabes, ils sont cultivés et croient encore en un avenir commun avec les Français, ça va leur coûter cher. Ils ont jeté sur leurs épaules une gandoura maintenue par des agrafes en argent, ils ont roulé sur leur tête un turban blanc, ils sont beaux, spectaculaires. Enfin, il y a des militaires, officiers parachutistes ou légionnaires, quelques sous-offs qui se torchent à l'anisette.

Plus bas dans la ville, aux alentours du port, dans le quartier arabe, la vie se réveille en fin d'après-midi, dans les ruelles envahies de colporteurs, de portefaix, de charrettes tirées par des ânes ou des chevaux affamés, on voit leurs côtes, des mouches bourdonnent autour de leurs yeux, des moutons et des chèvres sont attachés devant les marchands de bestiaux, il y a des femmes voilées, pas beaucoup, la plupart portent le fichu berbère coloré, et des enfants avec des mouches autour des yeux eux aussi. On a tiré des chaises devant les cafés, on joue aux dames en buvant de la gazouze, du café, du thé. Des têtes de moutons et de chèvres grillent sur les gros bidons coupés en deux, ça empeste le poil cramé. On déguste des morceaux de moelle rissolés, des brochettes d'abats. Les chibani, sur leur banc, tripotent leur canne ou leur chapelet, regardent avec appréhension les jeunes s'exciter, gesticuler, échafauder une Algérie nouvelle. Et idyllique. Ils n'y croient pas trop, les chibanis, ils savent ce que c'est les illusions perdues.

Sur le cours Bertagna, ça y va les discussions à propos de n'importe quoi, ça peut être la *kémia* juive, les brochettes berbères, la politique, et surtout de Gaulle, qui les a abandonnés, qui va pas s'en tirer comme ça, ils l'aiment pas de Gaulle, ça parle fort, ça crie parfois, les mains s'agitent pour affirmer la parole, héritage de l'Italie d'où viennent beaucoup d'habitants de Bône, les esprits s'échauffent, des disputes éclatent, pas bien méchantes.

Max s'est vite familiarisé avec ces deux ambiances, il se joint chaque jour en fin d'après-midi aux badauds du cours Bertagna. La méfiance qu'inspirent les appelés tombe vite tant ces Bônois, juifs, chrétiens, arabes, berbères, sont chaleureux et hospitaliers, parce qu'une loi ancestrale l'exige.

À l'ombre de ce cours Bertagna, un beau jour, Max fait la connaissance d'Albert, le gardien du stade Philippe-Pétain, un grand admirateur des chasseurs alpins, dit-il, purée, moi aussi j'aurais bien fait chasseur alpin si j'avais pas été réformé pour ma vue basse. Il est petit, brun, poilu, il émaille ses propos du traditionnel « purée » ou de « oh punaise », c'est son petit juron personnel. Son arrière-arrière-grand-père sicilien est venu faire fortune ici et c'est comme ça qu'il a obtenu ce poste, logé dans une maison modeste à la porte du stade, tu parles d'une fortune, mais il est content, il fait partie de cette majorité de petits pieds-noirs qui n'a jamais mis les pieds en métropole, ils n'y ont ni famille ni amis, désorientés par les événements, angoissés devant des lendemains qui vont chanter faux.

Albert l'invite à dîner, tu verras, Arlette est un fin cordon bleu ! Max accepte avec joie et, deux jours plus tard, chemise et treillis propres, rangers cirées, il se présente au stade Philippe-Pétain. (Oh punaise, si son père savait ça !)

Arlette et Albert possèdent un bijou inestimable, un diamant, une perle, leur fille unique, Mireille, aussi mince et fine que sa mère juive est boulotte. Brune comme son père, une chevelure bouclée tombant sur des épaules couleur miche de pain, d'immenses yeux sombres, le dessus de sa lèvre supérieure couverte d'un léger duvet ombré, Mireille est belle. Le couscous d'Arlette, avec ses pâtés de cœurs d'artichauts et ses boulettes au cumin, est une merveille, Albert est aux anges, il descend son anisette, s'en ressert une autre, oh punaise c'est dimanche demain, on se tutoie, pourquoi t'irais pas faire un tour avec Mireille, à la plage tiens ! tu pourrais prendre la voiture, pourquoi pas ? une Floride cabriolet, allez, reprend les boulettes d'Arlette, c'est les meilleures de tout le Constantinois, purée !

Le lendemain, Max passe prendre Mireille, toute pimpante dans sa robe à fleurs, un foulard à la Brigitte Bardot pour abriter du vent ses boucles noires. Il se met au volant de la Floride et conduit sans permis, il ne l'a pas encore, il le passera à son retour en France, mais il ne conduit pas trop mal, il s'est entraîné sur les jeeps, de toute façon son uniforme de sous-lieutenant le préserve des contrôles de la gendarmerie, et les voilà partis pour la plage bien protégée par des sentinelles, on ne sait jamais, l'OAS peut venir défourailler ou bomber dans le coin sans sommation.

À la plage, Max lui a pris la main, au pied de la statue de Thiers, il a effleuré de ses lèvres les tendres lèvres de Mireille et, de retour dans la Floride-cabriolet-purée, il a glissé la main sous la robe à fleurs, mais arrivé à l'élastique de la culotte, donc de la victoire, elle l'a bloqué net, pas question d'aller plus loin ; il l'a emmenée au cinéma.

On devine aisément ce que vous pensez, que Max est un drôle de voyou, tripoter une Mireille alors qu'il est raide amoureux d'une

Leila, ça ne se fait pas. Mais là, il faut faire preuve d'indulgence, il a vingt et un ans, les hormones en ébullition, Mireille sent bon, une odeur de femme, oui exactement une odeur de sueur, il adore, il a toujours adoré, une odeur de sel et de mer aussi puisqu'ils s'étaient baignés. Dans son bikini jaune, Mireille était moulée à la louche, il n'a pas su résister.

Elle l'a invité à un petit souper, elle ferait elle-même la cuisine.

Quand il arrive dans son plus beau battle-dress, l'immense béret de chasseur alpin qu'on appelle la tarte inclinée à gauche avec deux cornes, une au-dessus de l'œil, l'autre au-dessus de l'oreille, le ceinturon viril de l'armée américaine en textile kaki, les parents de Mireille s'apprêtent à partir au cinéma. Arlette embrasse longuement sa fille, soyez sages les enfants nous rentrons dans deux heures, Albert lui lance un clin d'œil appuyé et complice, entre hommes, et ils disparaissent dans un reniflement d'Arlette, le nez fourré dans son grand mouchoir à carreaux.

Le souper fut fort bon, et Max comprit bien plus tard que Mireille n'y était pour rien. Arlette avait tout préparé, tout prévu, y compris le café qui fut servi dans les profondeurs du canapé Second Empire à grandes fleurs jaunes. La jeune fille était délicieuse, pas bavarde, elle coulait des regards langoureux, sa peau brune tranchait sur le blanc de sa robe échancrée, il apercevait un petit morceau de soutien-gorge, cette fois elle n'arrêta pas son geste lorsqu'il s'aventura vers sa culotte.

Certainement, le film projeté ce soir-là était un court-métrage, car c'est au moment où Max venait d'enlever son pantalon que la porte s'ouvrit sur les parents. Ils s'immobilisèrent devant la culotte blanche de leur fille jetée sur le tapis persan, enfin dans le genre persan, pareille à une fleur dénonçant sa turpitude. Max eut beau arguer que l'irréparable n'était pas arrivé, n'avait pas eu le temps d'arriver pour être tout à fait juste, aux yeux d'Arlette et d'Albert il avait fauté, il devait réparer. Et voilà comment il devint, malgré lui, le fiancé de la belle Mireille.

Arlette le contemplait avec un air de matou gourmand, certes ce gendre était un peu maigrichon, mais bon, si elle ne mettait jamais les pieds à la synagogue, Arlette faisait elle-même ses loukoums, fameux dans tout le quartier, donc ce maigrichon qui allait rendre sa fille heureuse, elle se faisait un devoir de le remplumer, d'autant qu'il était officier de l'armée française et que sa petite Mireille allait devenir une bourgeoise huppée, purée ! sa fille serait la mieux chaussée là-bas, à Saint-Étienne, la plus belle ville de France, encore plus belle que Paris, purée !

Quelques jours plus tard, sur le cours Bertagna, au Grand Café, Max était officiellement le gendre d'Albert, l'officier qui allait emmener sa fille en France, oh punaise, et tu vas bien reprendre une anisette, fiston, c'est pas de l'alcool l'anisette, c'est une boisson rafraîchissante, est-ce que tu sais jouer aux boules au moins ? Albert et Arlette nageaient dans le bonheur, ils avaient réussi, en faisant sortir leur fille chérie de l'Algérie incertaine, à lui assurer un avenir heureux, quoique loin de Bône. Hélas.

Max ne savait pas comment se tirer de ce traquenard – lequel traquenard n'était pas des plus désagréables maintenant qu'il n'avait plus de problème avec la culotte de Mireille. Elle avait un tempérament de feu, il avait le droit de tout lui prendre, sauf sa vertu, ça va de soi, en ces temps-là, comme chacun sait, les filles étaient très attachées à leur pucelage, elle l'épouserait, mais vierge ! Dès qu'il n'était pas de garde, ils prenaient la Floride, oh purée, et par la belle corniche de Bône, ils se rendaient sur une minuscule plage abritée des regards indiscrets où une brise marine tempérait la fournaise du soleil. Le temps passait à toute allure. Les ambitions de la jeune fiancée étaient très limitées, une fois mariée, elle ne désirait pas travailler, d'ailleurs elle ne savait rien faire, ou alors si, peut-être dans le cinéma, mais pas comme star, en tout cas pas tout de suite. Elle s'occuperait de leurs enfants, deux pas plus, un garçon et une fille, Jonathan et Johanna elle aimait bien ces prénoms, et plutôt que Saint-Étienne, elle préfèrerait qu'ils habitent en bord de mer, le plus loin possible de Paris, peuplé de communistes et de vicieux. Il l'écoutait à peine et dévorait sa bouche en rêvant de Leila.

L'ironie du sort voulut que ce soit grâce à l'OAS qu'il réussit à s'échapper des délicieuses griffes de Mireille.

En ce début juin, la chaleur monte d'un cran, échauffe les esprits. À mesure qu'on approche de la date officielle de l'indépendance, le 3 juillet, la tension monte chez les pieds-noirs, l'OAS souffle sur les braises et les fellaghas récemment libérés de prison, parmi lesquels pas mal de droits communs reconvertis en révolutionnaires, ne sont pas en reste.

Ça démarre tout doucement. Quelques jeunes, énervés par les propos d'inconscients extrémistes affidés de l'OAS, empoignent des plateaux de bistro, des couvercles de poubelle, des seaux, des casseroles, des louches, des bâtons, et entament sur le cours Bertagna un rassemblement aux cris d'« Algérie française », rythmés par les coups frappés sur leurs ustensiles. Et puis l'heure de l'anisette et de la *kémia* sonnent, calmant les esprit.

Mais le lendemain, ça recommence, avec un peu plus de monde, un peu plus de casseroles, des manches de pioche, des gourdins, quelques machettes, dont on ne sait d'où ils sortent, mais dont on suppose que ceux qui les ont fournis ont des intentions douteuses. Un cortège se forme et se dirige vers le port, c'est-à-dire vers le quartier arabe. Arrivés au bas du cours Bertagna, les manifestants se groupent autour d'un café tenu par un ancien légionnaire, L'Oasis, les slogans anti gaullistes, anti arabes, les insultes à l'égard du FLN fusent, puis des « vive l'armée », « vive les généraux », « les paras avec nous » éclatent. Des jeunes gens grimpent sur l'enseigne du café et décrochent les deux dernières lettres de L'Oasis qui devient L'OAS et le patron du bistro lève les bras en l'air en hurlant « Algérie française » sous les acclamations de la foule. La manifestation reprend sa route jusqu'au port, à quelques dizaines de mètres du quartier arabe. Par miracle, elle s'arrête là et rebrousse chemin en frappant sur les casseroles.

Le danger saute aux yeux du commandement, qui décide d'encadrer les manifestations en postant des sections de chasseurs alpins, d'infanterie de marine et de spahis aux intersections des rues que croisent les manifestants, on ne fait pas confiance aux parachutistes ou aux légionnaires, réputés sensibles aux discours de l'OAS, alors on les laisse piaffer dans leurs cantonnements. La section de Max a pour mission de bloquer un carrefour. Tous les jours, à partir de six heures, une manifestation de plus en plus importante s'organise. On voit apparaître des barres de fer, des projectiles divers, pierres, bouteilles, mais aussi quelques pistolets. Les Arabes se font discrets, la consigne leur a été donnée de ne pas traîner sur les lieux. Tant bien que mal, à force de palabres, de discussions, parfois d'autorité, tout se déroule bien.

Et puis un jour, c'est le drame. On ne sait pas vraiment ce qui l'a déclenché, comme toujours dans ce genre d'événement, mais un Arabe est pris par la foule, lynché à coups de barre de fer et de gourdin. Cet assassinat déclenche la rage dans la ville arabe et il faut toute la diplomatie du général commandant la place pour calmer les chefs du FLN avec l'assurance que les coupables seront capturés et punis – ce qui n'a jamais été fait. Mais la décision est prise d'interdire désormais toutes les manifestations. Faisant fi de l'interdiction, toujours poussé par les sbires de l'OAS, un cortège se forme le lendemain, quelques jeunes très excités tentent de forcer le passage à travers la section. Max et ses hommes sont contraints de sortir leurs armes, braquées sur les assaillants. Heureusement, elles suffisent à les convaincre de renoncer ; il ne sait pas ce qu'il aurait fait s'ils avaient insisté, il pense qu'il n'aurait pas fait ouvrir le feu et que l'affaire se serait soldée par un bain de sang dans le quartier arabe.

La situation est devenue explosive.

Le jour suivant, l'armée installe au bas du cours Bertagna des camions dont on a ouvert le hayon arrière. Des sections ont été mises en renfort à toutes les intersections. La manifestation démarre au son de mille casseroles frappées aux cris d'« Algérie française », de « vive Salan » et de « vive l'OAS ». Arrivés aux abords du port, les manifestants sont bloqués par les camions leur barrant la route, les sections se referment derrière eux. Sans ménagement, ils sont délestés de leurs instruments, casseroles, gourdins, machettes, embarqués dans les camions, uniquement les hommes, les femmes sont renvoyées, ils sont près de huit cents à être mis sous les verrous dans l'ancien camp d'où viennent d'être libérés les prisonniers du FLN.

Ce camp est mis sous l'autorité de la 2e compagnie. Il est d'une saleté repoussante, les paillasses sont humides et crevées, des rats courent partout, des nuées de moustiques bourdonnent dans les cellules aux lucarnes sans vitres, les latrines, des tranchées munies de planches à demi pourries, n'ont pas été vidangées et exhalent en ces jours de canicule une odeur irrespirable. Les malheureux restent vingt-quatre heures sans manger, sans se laver, ils se contentent de boire de l'eau en grande quantité. C'est très dur, mais on ne peut s'empêcher de penser que d'autres hommes, des Algériens, ont passé ici des mois, voire des années, dans ces mêmes inhumaines conditions. Les jours suivants, un peu de ménage est fait, les latrines sont curées, des postes d'eau sont alimentés par des camions-citernes, des rations militaires sont distribuées.

Un couvre-feu est instauré dans la ville de neuf heures du soir à six heures du matin.

Le remède est rude mais, il faut le reconnaître, efficace. Les manifestations cessent, faute de combattants. Sur le cours Bertagna, le calme revient en attendant la libération des hommes. Petit à petit ils sont relâchés, en piteux état, velus, puants, bouffés par les moustiques et la vermine, plus très héroïques.

Dès le lendemain de la rafle, les épouses, les mères, les sœurs des prisonniers viennent s'enquérir de leur sort. Elles tentent d'amadouer, et le plus souvent ça fonctionne, leur mari, leur frère, leur fils sont libérés, sauf les plus excités, on n'est jamais trop prudent. Le deuxième jour, ce qu'on appelle une belle femme, une rousse aux rondeurs appétissantes, un décolleté qui laisse paraître la naissance de seins blancs piquetés de taches de rousseur du plus bel effet, se présente, demande à rencontrer le capitaine, elle veut plaider la libération de son mari. On ignore ce qu'il s'y est dit mais quand elle ressort de son bureau après vingt bonnes minutes d'entretien, il la raccompagne, tout frétillant, lui baise la main, l'avant-bras, un peu plus haut et plus longuement qu'il n'est convenable pour un capitaine de chasseurs alpins, il la contemple, l'œil égrillard, s'éloigner en dandinant sous sa robe à fleurs un somptueux postérieur, traînant dans son sillage des effluves d'eau de Cologne et de dessous de bras. La troupe aussi reluque.

Elle revient tous les jours, toujours dans des toilettes légères de plus en plus décolletées, elle défend la cause de son mari pendant de longues entrevues et repart toute rougissante, sans doute à cause de la chaleur, des auréoles de transpiration sous les aisselles, là où flamboient deux touffes de poils roux – époque bénie où les femmes sentent la femme, pas le déodorant –, tandis que le capitaine s'en va siffler une petite bière, suivie d'un rototo, à la popote du camp. Tous les soirs, après le dîner, il se lave, se rase soigneusement, endosse son plus bel uniforme, l'uniforme a encore un peu de prestige sur cette rive de la Méditerranée, et s'en va en ville d'où il ne rentre qu'au petit matin, d'excellente humeur.

Le mari de la belle sortira le dernier, et dans quel état, après neuf jours d'une éprouvante captivité. Elle n'a sans doute pas eu d'arguments assez convaincants auprès du capitaine.

Pour Max, retour au lac des Oiseaux avec une nouvelle mission, surveiller le bon déroulement du référendum. Il n'a pas pris le temps de dire au revoir à sa fiancée, il s'est embarqué aussi vite que lâchement dans la jeep qui le conduit loin de ses bras, mais il garde pour elle une grande tendresse, elle lui a donné plein de bonheur, c'était pas une agrégée de grec ancien mais pour l'amour, l'agrégation on s'en tape, non ? Il espère de tout son cœur qu'Albert et Arlette vont réussir à lui trouver un officier, de préférence un cavalier ou un artilleur, pour l'emmener vivre en France au bord de la mer où il lui donnera une jolie Johanna et un vaillant Jonathan.

Ils étaient heureux de retrouver leur cantonnement, la nature, la popote, la vie d'avant, mais pour leur plus grande tristesse, ils devaient découvrir la disparition de Jonquille aux grands yeux doux, soit dévorée par des légionnaires, c'est un bruit qui a couru en provenance du camp de regroupement, soit, comme ils voulaient le croire, partie dans le djebel à la recherche d'un cerf qui lui ferait beaucoup d'enfants, lui aussi.

Les locaux de la SAS s'étaient vidés, il n'y avait plus d'école, plus d'infirmerie, plus de rires d'enfants, les bâtiments étaient affectés à une compagnie de l'ALN qui en prendrait possession sitôt entrée en Algérie.

Non, à Bône, Max n'a jamais eu peur. À vingt ans, on est certain qu'on a la vie devant soi, y a pas de raison de mourir, et puis y avait Mireille, brune, bronzée, sentant le savon Bébé Cadum, la mer, Mireille, ça rime avec merveille.

Mais la femme de sa vie, c'était Leila, il replongea dans ses bras, ses coussins, son encens, son Orient, sa sorcière, sa joie, son bonheur, son avenir.

Le premier jour
Algérie, printemps 1962

En juin 1962, Max retrouva Ali, grâce soit rendue à la démocratie, retrouvailles qui scellèrent une amitié de soixante années.

Voici comment.

La 2e compagnie de chasseurs alpins était revenue dans son cantonnement du lac des Oiseaux pour préparer le référendum du 1er juillet 1962 qui accorderait l'indépendance à l'Algérie le 3 juillet, l'affaire était courue d'avance, le oui devait l'emporter, c'était la consigne. Comme les habitants du camp de regroupement ainsi que ceux de la petite ville de Blandan étaient illettrés dans leur immense majorité, l'administration avait fait livrer des papiers de couleur, le rose signifiait « Oui » et le vert « Non ». Une ancienne salle de classe avait été transformée en bureau de vote, des gradés du FLN et des chasseurs alpins avaient été désignés pour en expliquer le fonctionnement, en assurer la bonne marche ; d'un mot, enseigner la démocratie.

La démocratie est un long et malaisé chemin, mais c'est un chemin qui en vaut la peine, c'est en tout cas ce en quoi les appelés du contingent croyaient dur comme fer, heureux de voir enfin ce pays accéder à l'indépendance après tant de douleur. Les pieds-noirs étaient sceptiques, la démocratie ils s'en fichaient comme de leur première anisette, ce qu'ils voulaient c'était que rien ne change. Les harkis, eux, étaient de plus en plus nerveux, le bruit courait qu'ils seraient démobilisés, renvoyés dans leur village où l'on parlait déjà de traîtres, de collabos, ils n'avaient qu'une idée, être transférés en France avec leur famille, y vivre dans une petite maison, avec une petite auto, une Peugeot de préférence, être de bons Français.

Un mois avant le scrutin, une section de l'ALN réfugiée en Tunisie doit venir s'installer dans les anciens locaux désertés par la SAS qui avaient servi d'école, d'infirmerie, maintenant de bureau de vote. Comme aucun officier d'active ne veut subir l'humiliation d'accueillir les nouveaux maîtres du pays, Max se porte volontaire. À sept heures du matin, le capitaine lui donne l'ordre de se rendre au barrage avec la mission de détacher les fils à cinq mille volts et de revenir aussitôt, pas la peine de moisir sur place, vous ouvrez, vous déguerpissez, inutile de contempler la victoire de l'armée ennemie.

Il fait un soleil radieux, le monde semble baigné dans la même euphorie qu'avaient dû connaître les poilus le 11 novembre 1918, la paix est descendue sur la terre, l'Algérie va connaître justice et prospérité, les soldats vont rentrer chez eux. Après avoir ouvert le barrage électrique, Max, désobéissant aux ordres, laisse sa section sur le bord de la piste pour enfin regarder cette armée qu'ils ont combattue pendant presque huit ans. C'est une compagnie, peut-être moins d'une centaine d'hommes, tirés à quatre épingles militaires, l'arme sur l'épaule, elle marche au pas, histoire de montrer que ce n'est pas une bande de vulgaires va-nu-pieds hors-la-loi comme l'a prétendu l'état-major français. Les chefs de section le saluent selon le même règlement que celui de l'armée française,

Max rend le salut. Parmi les soldats se trouve Hassan, son harki déserteur, devenu en moins de trois mois un militaire de l'ALN avec le grade de caporal-chef, il se garde bien de tourner les yeux vers ses anciens camarades, il a bien raison, il a sauvé sa peau, plus question de la risquer.

Dans cette petite troupe, Max ne remarque pas, pas encore, le sergent Ali.

Il écope de quatre jours d'arrêt pour n'avoir pas obéi aux ordres. Il s'en fiche, il a vu entrer la paix en Algérie, voir la paix en marche n'arrive pas si souvent dans une vie.

Un réseau de barbelés est tiré entre les deux cantonnements, une sentinelle de chaque côté, les vaches seront bien gardées. Mais lorsque vous montez la garde de part et d'autre d'un écheveau de fil de fer face à un ex-ennemi, vous n'allez pas rester deux heures côte à côte plantés comme deux nigauds. Très vite, les hommes des deux camps font connaissance, échangent des cigarettes, s'offrent du feu en abritant la flamme du Zippo dans le creux de la main, bavardent, parlent du pays, de l'avenir, de leur fiancée, un Savoyard retrouve un Algérien avec qui il a embouti des tôles d'acier pendant un an et demi dans une usine à Rumilly, alors malgré le règlement qui interdit de boire de l'alcool pendant la garde et encore plus d'en offrir à l'ennemi, qui, au passage, ne l'est plus, ils partagent deux ou trois bières, ressassent des souvenirs de filles, de foot, du bon vieux temps, quoi !

Deux jours plus tard, profitant de la sieste du capitaine qui n'aurait certainement pas apprécié, Max invite le lieutenant commandant la section de l'ALN à venir boire un verre à la popote. Ce dernier hésite un moment puis finit par accepter un Orangina tandis que Max commande au barman-obsédé-sexuel un verre de harrach rouge. Il s'appelle Larbi al Fassi, son père est marocain, sa mère algérienne, il a une trentaine d'années, a commencé sa carrière dans l'armée française où il a obtenu le grade de sergent-chef dans les tirailleurs algériens avant de déserter pour passer en Tunisie et rejoindre l'Armée de libération où il a été illico nommé lieutenant. Pendant trois ans, à l'abri derrière le barrage électrique, il a tiré quelques coups de fusil sur la Légion, de très loin, vaut mieux rester prudent avec les légionnaires, ce sont des soldats dangereux, en grande majorité des rescapés de la Wehrmacht, voire pire puisqu'on ne vous demande pas d'où vous venez pour rejoindre leur corps, c'est même le principe de cette unité d'élite. Larbi n'a rien fait de bien glorieux, mais suffisamment pour monter dans la hiérarchie, devenir un personnage important dans l'Algérie de demain, et comme il a déjà trois décorations – dont la croix de la Valeur militaire de l'armée française pour avoir tué des rebelles algériens lors d'une embuscade quatre ans auparavant –, qu'il est ambitieux, officier du FLN, il s'enrichira. Ils échangent des propos d'anciens combattants réconciliés, la guerre c'était sympa, l'adrénaline, le cœur battant, l'odeur de la poudre, le sang versé, tout le romanesque militaire, et voilà Max invité à venir déguster un méchoui dans deux jours, il faut bien deux jours pour égorger et faire rôtir un mouton, il apportera le pinard.

Un trou d'un bon mètre de profondeur sur deux mètres de longueur a été creusé, un brasier y a brûlé toute une nuit, d'abord alimenté en fagots puis en bûches, devenu au petit matin une fournaise de braise. Un mouton a alors été embroché sur un pieu posé sur deux fourches de bois, où il est enduit, au moyen de la queue de l'animal ficelé sur une longue branche, d'un mélange de beurre, de sel, de graisse et de piment, par des hommes transpirant des litres de sueur et qui se relaient sans interruption durant toute la cuisson. C'est ainsi qu'on fait le méchoui, il tourne toute la journée.

Lorsque Max se présente avec un aspirant, tout juste arrivé dans la compagnie, les bras chargés d'un carton de bouteilles de rouge, il est reçu dans ce qui fut l'infirmerie de la SAS. Des nattes recouvrent la totalité du sol, ils sont accueillis par le lieutenant Larbi al Fassi qui leur présente son adjoint et deux sergents, et là, quelle surprise! l'un des deux sergents, c'est Ali, de Saint-Étienne, ils se tombent dans les bras, enfin n'exagérons pas entre soldats on se bécote pas, c'est plutôt une virile et longue poignée de mains. Ils se déchaussent, s'assoient sur les nattes, débouchent les boutanches, le lieutenant al Fassi est chez lui, fini l'Orangina, il ne crache pas sur le rouge, on attaque la viande, les légumes, la semoule, servis par des ex-fellaghas en treillis kaki, les mêmes que ceux des Français. Il n'y a ni armes ni couteaux, on mange avec ses doigts.

Ils parlent politique, l'Algérie de demain sera socialiste, tous les Algériens seront égaux, hommes et femmes auront les mêmes droits, les enfants, tous les enfants, même les filles, iront à l'école, avec des chaussures, le vin échauffe les esprits, les utopies s'enflamment, à l'université on formera des docteurs, la santé sera gratuite, les terres des colons seront distribuées aux paysans, avec l'argent du pétrole on construira des routes, des chemins de fer, des hôpitaux, le pays sera laïque, exige Ali, sur ce point y a débat, la religion fait partie de la culture, pas du tout c'est l'opium du peuple, ça se corse, quelques rafales de noms d'oiseaux volent bas, communiste! suppôt d'imam! rien de bien grave, la certitude c'est que le pays va devenir juste, prospère, la tête haute il rendra hommage à ses combattants du FLN, il saura punir les traîtres et les collabos. Max est ramené deux ans en arrière, lorsque les mêmes débats secouaient les réunions de cellule du parti où l'entraînait son père.

Ali demande des nouvelles de Saint-Étienne, de Monika. Il n'y a plus de Monika, maintenant il y a Leila, tu vas l'aimer, Ali, tout le monde aime Leila.

Max dort chaque nuit dans ses bras. Le camp s'est vidé d'une grande partie de ses habitants, certains sont partis redresser les murs de leur mechta, d'autres se sont agglutinés dans les faubourgs de Bône.

– Tu as peur de dormir seule dans ta maisonnette quand je ne suis pas là ?

– أنا ما شي خايفة، خايفة من حاجة وحدة، تروح علي و تخليني !

Je n'ai pas peur, je n'ai peur que d'une seule chose, c'est que tu m'abandonnes !

– Je t'abandonnerai jamais, tu es ma vie, tu es mon âme.

Il ne sait pas très bien où se trouve l'âme, mais le mot est si beau, c'est forcément vrai.

– Je vais te présenter un ami, il s'appelle Ali, il va te plaire. Non, n'éteins pas la lumière, je veux te regarder.

– بوسني. Embrasse-moi. Jure-moi de m'aimer toujours.

– Toi aussi, jure.

Ils jurent, évidemment qu'ils jurent, et puis ils se caressent.

Au petit matin, quand l'aube d'un juin torride est encore douce, il retourne dans son cantonnement, franchit les barbelés, salué par les sentinelles, un Français et un Algérien.

Ali et Leila se sont d'abord méfiés l'un de l'autre. Elle n'a pas confiance dans les fellaghas. Du haut de ses seize ans et des poussières, elle a vu beaucoup d'horreurs, elle a vu des morts, elle a soigné des blessures, elle hait la guerre, elle n'aime pas les soldats. De son côté, Ali ne trouve pas en Leila l'enthousiasme, la foi dans la révolution qui doit animer chaque Algérien. Il est ému par sa tendresse, ses yeux noirs et doux, par l'amour qu'elle manifeste à

Max, son ami maintenant, mais il ne croit pas qu'elle fera une bonne socialiste, de toute manière elle n'a qu'une seule idée en tête, partir en France, épouser Max et faire des petits Français, elle se fiche bien de la dictature du prolétariat. Ali finit par l'accepter telle qu'elle est, rien ne résiste à l'énergie de cette satanée Berbère ; il est heureux pour Max.

Ensemble, ils rient.

Ils se retrouvent tous les soirs, ils fument, affalés sur les coussins, dans l'odeur de la menthe, de la fleur d'oranger, du pétrole, les ombres dansent joyeuses sur les murs chaulés, l'amitié est un instant si chaud.

Un jour où Max buvait une 33 au foyer de la troupe avec quelques appelés, il eut des nouvelles de Zohra, un véritable conte de fées militaire. Le soldat qui venait de Picardie, et qu'on appelait donc le Picard, c'est simple la vie du soldat, étonnamment loquace ce soir-là, en cause une cinquième bière, raconta sa belle histoire d'amour. C'était un garçon modeste, pas bavard, rouquin, on aurait pu l'appeler le Rouquin mais non, râblé, aîné d'une fratrie de sept enfants dont les parents étaient de florissants fermiers du côté d'Abbeville, de la betterave, du bœuf, rien que du solide. Le Picard avait invité Zohra au foyer, elle avait accepté contrairement à ses habitudes, ils avaient bavardé, il avait raconté sa vie sous les cieux de sa riche Picardie, dans la ferme qu'il reprendrait un jour puisqu'il était l'aîné, elle se renseigna sur la race et le nombre de vaches, de veaux, d'hectares de cultures. Ils se virent souvent pendant les semaines qui suivirent le cessez-le-feu, et un jour, entre deux propos au sujet de l'ensilage du maïs fourrage, elle lui prit la main, il lui prit les lèvres, il en tomba fol amoureux, pour un baiser, elle ne lui donna rien de plus, un baiser dans la nuit, entre le foyer et les latrines, rien de poétique, et pourtant si, sous les étoiles, réservant le reste pour un mariage. Dès qu'il serait démobilisé le Picard épouserait la rusée Zohra. Quelques jours avant l'indépendance, elle embarqua sur le SS *Pasteur*, prit le train à la gare Saint-Charles de Marseille, changea à Paris-Lyon pour la gare du Nord et descendit à Abbeville où l'attendait son futur beau-père au volant de la Simca Chambord V8 étincelant de tous ses chromes, en ce temps-là les pare-chocs étaient en acier. Zohra ne manqua pas de courage, et il en fallait une sacrée réserve pour échanger le beau soleil de son pays contre les brumes de la Somme, pénétrer dans une famille au milieu d'une population rurale qui n'aimait déjà pas les Boches, alors pensez, les Arabes, et passer plusieurs mois à partager le logis familial en l'absence de son fiancé. Max imagine une future belle-mère tout de noir vêtue, aussi souriante qu'un grand-duc crucifié sur la porte d'une grange, non, ça n'a pas dû être rose tous les jours mais à l'heure actuelle, elle est sans doute devenue une exploitante agricole affiliée à la FNSEA qui surveille avec rigueur le cours des matières premières de l'agro-alimentaire. Et elle l'aura pas volé. Comment le Picard s'y était-il pris pour la faire admettre dans un bateau pour la France ? En tant qu'Algérienne, elle n'y avait pas droit, les navires étaient réservés aux Européens. Il avait eu vent d'un curé qui délivrait des certificats de baptême, c'était le sésame, ça voulait dire qu'on était Français, bizarre, mais si ça marchait, tant mieux, c'était un aumônier du 9ᵉ RCP à Bône, un type très coulant, il voulait aider les gens, un brave mec, est-ce que Max voulait son nom ? Bien sûr, qu'il le voulait !

Le soir même, Max, Ali et Leila en discutèrent. Se faire baptiser ne posait aucun problème à Leila, Dieu n'avait rien à voir dans l'affaire, de toute façon elle n'avait même pas besoin de rencontrer le curé, Max s'en chargerait dès qu'il aurait l'occasion de se rendre à Bône, il reviendrait avec un billet de la compagnie maritime. Ali regretta que Leila ne mette pas son beau métier d'infirmière au service de son pays, mais il fut prié de la boucler avec ses idéaux socialo-patriotiques, l'amour d'abord, merde ! Il dut en convenir.

Pendant ce temps-là, l'Algérie préparait le référendum.

Durant la semaine qui précéda le scrutin, un commissaire politique du FLN et quelques fellaghas de la vingt-cinquième heure s'employèrent à expliquer aux futurs citoyens algériens la méthode de vote, faut mettre dans une urne le papier rose si tu désires devenir libre, ou vert si tu préfères rester sous le joug de la puissance coloniale, et qui a envie de rester sous le joug de la puissance coloniale je vous le demande, c'est facile à comprendre, camarade.

Le 1er juillet 1962, le bureau de vote est installé dans une salle de classe de l'école désertée depuis le cessez-le-feu. Le lieutenant al Fassi, un commissaire politique du FLN et des militaires de la 2e compagnie de chasseurs alpins tiennent le bureau. Max s'est porté volontaire, il faut bien un Français pour s'assurer que le scrutin se déroule selon les principes démocratiques en vigueur dans toute république. Très tôt le matin, la foule s'est allongée avec une relative discipline en une queue longue de trois cents mètres. À huit heures pétantes, la démocratie est ponctuelle, c'est le premier principe inculqué aux anciens indigènes, la porte s'ouvre, le vote commence. À l'entrée du bureau, les militaires du FLN donnent la consigne à chaque électeur, tu vois le petit papier rose, tu le mets dans l'urne, oui la grande boîte en carton avec une fente comme une tirelire, oui c'est ça, le papier vert tu le mets dans la poubelle, voilà t'es un bon citoyen, la démocratie, c'est pas compliqué. Hommes et femmes, tous votent, quelques enfants essayent de jouer à l'électeur mais sont chassés par le service d'ordre. Dans le bureau, très consciencieusement, on glisse son bulletin rose dans l'urne, on jette le vert dans la poubelle, quelques électeurs ont oublié en chemin de quelle couleur est le papier à mettre dans l'urne, certains se trompent, votent avec le vert, confus ils s'excusent mais on les rassure en leur disant que justement, c'est ça la démocratie, tout le monde ne peut pas penser pareil. À dix-huit heures, fermeture des portes, on vide l'urne, d'où s'échappe une marée rose, visiblement le « oui » l'a emporté. On a beau chercher, il n'y a que trois bulletins verts, c'est pas terrible sur un petit millier de votants, ça la fout mal pour la démocratie. Alors Max propose un petit arrangement, on supprime une poignée de « Oui », on récupère dans la poubelle une poignée de « Non », et on les intègre dans le décompte, arrangement très bien accueilli par les représentants algériens, seul Ali fait un peu la gueule, il a encore des principes mais on les balaye, on compte les bulletins et on envoie le résultat à Bône, neuf cent trente-quatre « Oui » et vingt et un « Non ».

Le 2 juillet, le monde apprend que le « Oui » l'a emporté en Algérie avec 91,23 % des suffrages exprimés. Les nouvelles autorités distribuent à la population une nouvelle fournée de petits drapeaux verts destinés à acclamer triomphalement l'entrée des troupes de l'ALN sur leur toute fraîche patrie. C'est un vrai plaisir de voir cette allégresse s'emparer de la population entière, la joie règne sur le camp, les femmes confectionnent des pâtisseries à base de pistaches et d'amandes dégoulinant de miel, les hommes se lavent et coiffent leur plus beau turban, les enfants s'entraînent à hurler « *Ya ya Benkhedda !* » à la gloire du futur et éphémère premier président algérien.

Le 3 juillet fut un jour d'effervescence. L'armée algérienne prit en main l'administration et tous les rouages de la société, et les chibanis lui firent allégeance, fiers de la naissance de leur nation.

Le port de Bône s'encombrait de jeeps, de GMC, de camions Simca, d'Engins blindés de reconnaissance, en rangées impeccables sur les quais, de caisses enfermant les canons de 155 C Schneider dont on avait démonté les batteries, en attente de rapatriement par les prochains transports militaires. Le camp de regroupement achevait de se vider de sa population. Les harkis étaient rentrés chez eux après avoir été convoqués au bureau du commandement militaire. Ils avaient touché une petite somme d'argent, avaient rempli des papiers mentionnant leurs desiderata, choisissant invariablement le départ pour la France, on leur signifierait la décision par un courrier. Qu'ils ne reçurent jamais.

Il fallait organiser le retour en France, récupérer le matériel près de la ligne électrique. Max embarqua sa section dans un GMC et se rendit aux postes de surveillance à désarmer. Tandis qu'ils chargeaient les camions, une explosion retentit, en provenance du barrage tout proche. Il s'aventura vers l'infranchissable barrière. Un soldat de l'ALN, après le salut d'usage, lui intima l'ordre de ne pas approcher. Il n'en fit rien, haussa les épaules et, s'avançant, découvrit comment l'ALN avait décidé d'exécuter les collabos. Ils étaient une vingtaine d'anciens harkis, alignés à genoux dans le champ de mines, munis de longs couteaux ou de lames de baïonnettes, avec pour mission de repérer et détruire les mines, ils progressaient lentement en enfonçant leur lame avec un angle très oblique afin d'éviter de déclencher le détonateur, et lorsqu'ils tombaient sur une mine, ils devaient soigneusement la dégager, puis l'extraire du sol sablonneux. Des hommes de l'ALN les surveillaient, à bonne distance, il n'aurait tout de même pas fallu qu'ils fussent blessés.

Parmi ceux-ci, il retrouva Hassan, son déserteur de l'armée française, dorénavant caporal-chef et garde-chiourme dans l'armée algérienne, une mitraillette à la hanche, surveillant ses anciens camarades de section. L'explosion qui venait de se produire avait arraché un bras et la moitié du visage de l'un des démineurs qui se tordait de douleur en poussant des hurlements. Les soldats désignèrent deux prisonniers pour traîner le blessé derrière une butte de sable et Hassan reçut l'ordre de l'achever. Cette mission devait sans doute lui être confiée afin de tester sa récente conversion aux valeurs du FLN. Sans hésiter, il jeta un rapide coup d'œil sur le blessé sanguinolent puis, pressant sur la détente, l'abattit d'une rafale de pistolet-mitrailleur en pleine tête. Un sergent de l'ANL braqua sa carabine US M1 sur le ventre de Max et lui intima sans aménité de déguerpir. Il ne se fit pas prier, il venait de voir son premier mort par arme à feu, et à vrai dire son seul mort à ce jour, il avait envie de vomir ou de tuer.

Il raconta la scène à Ali qui, quoique bien embêté, rétorqua que la Révolution française avait aussi fait des victimes, c'était peut-être un mal nécessaire. Max hocha la tête, Leila voulait quitter le pays le plus vite possible, elle n'avait pas confiance dans la révolution. Le lendemain, Ali et sa compagnie furent envoyés à Constantine, ne laissant sur place qu'une demi-section. L'Algérie entrait en ébullition.

Au fil des jours, des rumeurs inquiétantes leur parvinrent en provenance des grandes villes algériennes. D'abord au compte-gouttes, puisqu'il semblerait que la première mesure du nouveau gouvernement fut d'instaurer la censure, il n'y avait plus de journaux, la radio émettait en arabe et diffusait surtout de la musique militaire. Il fallut une dizaine de jours pour apprendre ce qui s'était passé à Oran, huit cents kilomètres à l'ouest. Ce sont les habitants de Bône qui avaient pu joindre de la famille ou des amis oranais qui dévoilèrent l'horreur de ce 5 juillet 1962.

La 2e compagnie repartit pour Bône afin d'aller mettre de l'ordre dans la débandade des pieds-noirs, ce qui arrangea bien les affaires de Max. Il reviendrait avec un billet, Leila embarquerait pour la France, bientôt elle serait sa femme. Il dévora sa bouche avant de monter dans la Jeep.

Oran ou la douceur de vivre
Algérie, juillet 1962

À Oran il faisait bon vivre, on disait Oran la joyeuse. Il y avait la mer, les plages, il y avait ses habitants, une multitude de peuples, Arabes, Juifs, chrétiens, tout ce petit monde vivait en bonne intelligence, les filles étaient belles et le vin était bon, on y mangeait bien, on y dansait, les nuits d'Oran étaient les plus animées du pays, les cafés s'emplissaient d'hommes élégants, de femmes en robe claire et de luxueux Arabes dès que faiblissait la chaleur, on y parlait cinq langues, l'arabe, le français, le berbère, l'espagnol et celle venue des temps lointains, lorsque les Juifs chassés d'Espagne par les rois catholiques vinrent s'installer dans l'ouest algérien, un mélange savoureux d'espagnol, de français, d'arabe, de yiddish, qu'on appelait la *haketia*. Oran était la plus grande ville européenne d'Algérie, ce qui lui coûta cher. Oran est aujourd'hui la ville la plus triste du Maghreb.

En ce début juillet 1962, après quelques jours d'incertitude, comme la vie a repris un début de cours normal, comme les Oranais aiment la fête et la vie, les boutiques, les cafés, les restaurants se sont peu à peu rouverts, l'administration et la poste fonctionnent à nouveau, *L'Écho d'Oran* s'apprête à reparaître, les robes à fleurs se réapproprient les boulevards, les nounous musulmanes promènent à nouveau avec tendresse les bébés des pieds-noirs, l'espoir du vivre ensemble relève la tête. Pour montrer la joie d'habiter désormais dans un pays libre et indépendant, une grande manifestation arabe est organisée sur le boulevard du maréchal Joffre. Des milliers d'Algériens, hommes, femmes avec youyous, enfants, vieux, souriants et pacifiques, descendent vers la place d'Armes, où se trouvent les quartiers européens. Il est bientôt midi, il fait très chaud. Soudain, un coup de fusil éclate, venu d'on ne sait où, pas d'affolement, les coups de feu, ils connaissent, ça rythme leur existence depuis huit ans. Mais aussitôt des sicaires de Ben Bella hurlent « L'OAS ! L'OAS ! », brandissent les armes qu'ils ont dissimulées, fusils, revolvers, couteaux, des rafales de pistolets-mitrailleurs crépitent, la foule terrorisée se couche sur le bitume ou s'enfuit par les rues adjacentes tandis qu'enfle la fusillade. Surexcités, les hommes se ruent dans les commerces, les cafés, la préfecture, la poste, grimpent dans les immeubles, en délogent les pieds-noirs, les lynchent à coups de fusil, de couteau, de manche de pioche, de pierre, leur crèvent les yeux, agrippent les femmes par les cheveux pour les égorger plus à l'aise, déshabillent les hommes et les émasculent, pendent leurs corps à des grilles ou dans les boutiques, ivres de haine et de sang, le sang appelle le sang comme la poudre appelle la poudre, ils se répandent dans la ville, tranchent des gorges, rouent de coups, fusillent d'une balle dans la tête tous ceux qui leur tombent sous la main, les malheureuses nounous musulmanes qui tentent de protéger les bébés sont battues, les enfants fracassés contre les murs et jetés par les fenêtres. Les séides de Ben Bella en uniforme de l'ALN regroupent tous les Français qu'ils peuvent trouver, sans distinction de sexe ni d'âge, les emmènent à coups de crosse de fusil, les entassent dans des camionnettes, des taxis, des guimbardes, ils roulent loin de la ville, aucun n'en reviendra, c'est à peine si on retrouvera des corps dans cette Algérie enfoncée dans le maelström de l'indépendance.

Le bruit courut qu'il y avait des milliers de morts, des Européens, mais aussi des Algériens soupçonnés d'avoir de la sympathie pour les pieds-noirs, hommes, femmes, vieillards, enfants. Par la suite, il n'y eut officiellement qu'un petit millier d'assassinés, seulement un petit millier, pas de quoi en faire un drame, non ? L'armée française, présente à Oran avec dix-huit mille hommes, ne leva pas le petit doigt, confinée dans ses casernes, le général Katz, qui commandait la place, avait reçu de l'Élysée l'ordre de ne pas intervenir, ils ont voulu l'indépendance, qu'ils se démerdent, le général s'en tint aux ordres. Seuls le lieutenant Kheliff, un Algérien servant dans l'armée française, et un capitaine breton, écœurés, désobéirent et firent sortir leur compagnie, ils ont ainsi sauvé des centaines de vies. Vers cinq heures de l'après-midi, après six heures de boucherie, l'armée, enfreignant la consigne de Paris, sortit enfin de ses quartiers et rétablit l'ordre en quelques dizaines de minutes.

Un vent de panique souffla à travers toute l'Algérie, c'était le but recherché par Ben Bella. C'est à ce moment-là que Max et la 2e compagnie revinrent à Bône, pour éviter de tels événements. Les pieds-noirs qui hésitaient encore avaient décidé de fuir le pays, des milliers de pauvres gens s'entassaient sur les quais du port, quelques valises, des cartons, vite et mal ficelés, ils avaient tout laissé, cent cinquante ans de vie, des enfants pleuraient sous une chaleur écrasante, ils attendaient des journées entières, et pour comble de malheur, les marins des compagnies maritimes qui assuraient le trafic avec l'Algérie, sans aucune compassion pour leurs compatriotes, avaient déclenché une grève, les rares bateaux qui partaient étaient surchargés. Quelques vieux Arabes venaient dire au revoir à leurs amis, les serraient dans leurs bras, leur offraient des pâtisseries, les nounous musulmanes sanglotaient en embrassant les enfants auxquels elles étaient tant attachées, les soldats avaient le cœur fendu. Aucun d'entre eux ne savait où aller en France, dans leur grande majorité ils n'y avaient jamais mis les pieds. Ici, ils n'avaient déjà pas grand-chose ; là-bas, ils n'auraient plus rien. On distribuait à manger et à boire. En quelques semaines, Bône se vida de sa population pied-noir.

En France, le moins qu'on puisse dire, c'est qu'ils ne furent pas accueillis dans l'enthousiasme. Beaucoup de Juifs, après avoir essayé de s'intégrer, y renoncèrent et émigrèrent en Israël. Les gros colons prirent l'avion et s'installèrent dans des exploitations agricoles, cultivant des pommes golden, de la vigne ou des clémentines dans le Languedoc, la région de Toulouse ou la Corse. Les autres, près de neuf cent mille, durent se débrouiller. Quelques milliers de harkis réussirent à embarquer, en guise de remerciement pour avoir servi dans l'armée française on les boucla dans des camps pour de longues années, au moins étaient-ils vivants, méprisés, maltraités, mais vivants. Ben Bella, qui s'illustra dans leur massacre puis dans celui des Kabyles, recevra le prix Kadhafi des droits de l'homme en 1995 – Kadhafi, un artiste en matière de droits de l'homme.

« Alors comme ça tu veux épouser une Arabe, c'est pas une Arabe ? Ah ! une Berbère, une Berbère c'est un peu moins grave. Mais quand même, fils, je préfère te prévenir, elle va te manger la cervelle en commençant par les roustons, elles sont comme ça les petites Arabes, tu m'aurais dit une Vietnamienne, j'ai bien connu les Vietnamiennes, les Congaïs on disait à Saïgon, elles te tournaient les têtes des plus rugueux, elles te leur chauffaient si bien le bas-ventre qu'on les appelait la fièvre jaune. Le vœu de chasteté, fils ?

Bien sûr, bien sûr, tu connais Molière, tu sais ce qu'il a écrit Molière ? Il a écrit "Ah ! pour être dévôt, je n'en suis pas moins homme !", c'était pas la moitié d'un con, Molière. »

Max est d'accord pour Molière, pour les petites Berbères, moins. L'homme, déjà un peu bedonnant, est grand, il arbore sur son treillis militaire une petite croix de bois attachée à une cordelette de cuir, un béret rouge est suspendu à une patère dans la minuscule pièce, bureau ou sacristie, de l'aumônerie du 9e RCP – comment on appelle un curé militaire ? se demande Max qui est anticlérical de naissance, monsieur l'abbé ? Ou alors il a un grade, capitaine-curé ? commandant-abbé ? Dans le doute Max ne l'appelle pas –, il se nomme Bertrand de Quelque Chose, s'est d'entrée déclaré royaliste, Algérie française, méprisant l'OAS qui aurait dû se réveiller plus tôt, maintenant l'affaire est torchée, va falloir trouver d'autres terrains de jeux de massacre, ça va pas être simple. Tout bien pesé, Max le trouve sympathique, flamboyant, il donnerait envie de croire en Dieu, c'est dire.

« Y avait mieux que les Congaïs, c'était les Cambodgiennes, crois-moi fils, le bordel de madame Nu à Phnom Penh, c'était unique au monde, le paradis, et pas seulement pour le sexe. Y avait les effluves, l'atmosphère lourde, humide du fleuve, les hurlements des bêtes sauvages en rut et des hommes non moins sauvages, en rut aussi, les mains fines, la peau de satin des filles, l'alcool, l'opium. La chair est si faible, par bonheur dans notre belle religion catholique il y a du génie : la confession ! Tu en as entendu parler ? Ce qui fait qu'ayant fait vœu de chasteté, on peut baiser puis se confesser, et, mieux encore, on peut après avoir baisé se confesser d'avoir prévu de se confesser avant d'avoir baisé, tu me suis, fils ? Ah, nom d'une pipe », et ce disant il bourre une pipe, l'allume en bavant un peu. Il est parti dans ses souvenirs, ça va être dur de l'arrêter, d'en revenir au seul sujet qui intéresse Max, le certificat de baptême de Leila. « Non, je plaisante, fils, je suis resté de marbre, chaste, presque, héroïque devant la tentation, prudent aussi, parce que le bruit courait que les Congaïs vietnamiennes étaient manipulées par le Viêt-Cong, elles s'inoculaient des gonocoques pour refiler la blennorragie aux légionnaires, oui, fils, c'était pas con, va donc faire la guerre avec une chaude-pisse, la gougoutte au bout du gland, ça démoralise, ça démotive. Moi, quand j'ai vu comment ça barrait de travers à Diên Biên Phû, j'ai été volontaire pour y sauter, j'ai été dans le dernier parachutage, je pouvais pas laisser mourir les gars sans leur donner l'extrême-onction. Et du boulot, j'en ai eu, crois-moi, fils, je la donnais à tous les mourants, je me souciais pas de savoir à quel dieu ils croyaient, à Jéhovah, à Bouddha, à Jésus, je l'ai donné à un musulman, dans l'état où il était il s'en foutait pas mal, il a clamsé avant la fin, il ira quand même au paradis, vu que l'enfer il l'avait déjà vécu. » Max ne sait pas bien ce qu'est l'extrême-onction, s'en fout, mais pas facile d'arrêter l'aumônier du 9ᵉ RCP qui rallume sa pipe, tasse le tabac avec la boîte d'allumettes, fait des bruits de succion, un nuage de fumée. « Là-dessus j'ai été blessé, quelque chose dans le bide, un éclat, il m'a pris de travers, rien de vital, mais bon Dieu que ça fait mal, j'ai été recousu par un chirurgien dans une casemate protégée des obus par des sacs de sable, tiens regarde, c'est pas beau à voir, fils. » Il ouvre sa chemise et, en effet, c'est pas beau à voir, une longue balafre boursouflée lui barre le ventre, putain il a pas dû se marrer le curé. « À peine réveillé, saucissonné de bandes Velpeau, je suis reparti aux extrêmes-onctions. Quand la tour Isabelle est tombée, quand ils ont fini au couteau et à la baïonnette, avec quelques paras on a réussi à se barrer avant l'apothéose finale. » Ces souvenirs d'ancien combattant, ça le gonfle un peu Max, il ne sait pas encore qu'il racontera les siens soixante ans plus tard dans un café-restaurant de Saint-Étienne. « Mais regarde bien cette guerre, fils, l'Algérie, je vais te faire un pronostic, cette guerre-là, une guerre comme on les aime, avec vingt-cinq mille morts, je te parle des morts français, les Arabes ils se débrouillent avec leurs morts, une guerre comme ça, y en aura plus, c'est la dernière, je dis pas qu'il n'y aura pas par-ci par-là des conflits, des broutilles, des paras qui sauteront pour dégommer un dictateur qui aurait la lubie de vouloir vendre son pétrole à un prix prohibitif, quelques dizaines de cadavres, rien d'angoissant, mais des guerres bien saignantes y en aura plus. Et tu sais pourquoi, fils ? Parce que maintenant qu'on a bradé l'empire, c'est pas à Wallis-et-Futuna qu'on va s'illustrer, pas non plus avec les Boches vu qu'on est devenus copains comme cochons, ni avec les Anglais, vu qu'on est cul et chemise. Le bon temps des belles guerres est fini et, quoique que je sois pour l'Algérie française, c'est pas plus mal comme ça, l'OAS c'est des gros cons, ils vont se faire rouler dans la farine. Mais d'ici là, ils vont faire des dégâts, c'est plus mon problème, moi ce que j'aimais c'était la guerre, entends-moi bien, fils, je te parle pas du fer et du feu qui transpercent ou carbonisent le soldat, je te parle d'aider les gars à guérir, à mourir, alléger les souffrances, ouvrir les portes de la vie éternelle, apaiser les esprits dans les bras grands ouverts d'un Dieu, je me moque duquel, ils se valent tous, bonté et pardon. Les paras, les légionnaires c'est pas rien, c'est les meilleurs, alors si c'est pour aller les confesser dans une caserne à Pau, à Tarbes, en Corse, non merci, d'ailleurs ils ont quoi comme péchés les paras et les légionnaires, une petite branlette avec pensée lubrique en hommage aux roploplos de la femme du colonel ? Parce que tu comprends, fils, pour vraiment pécher, il faut de l'imagination, et les paras, l'imagination c'est pas leur fort, non, pas très intéressants de ce côté-là, les paras.

Moi, je lâche l'affaire, je quitte l'armée, je vais faire missionnaire, au Soudan, au Dahomey, en Haute-Volta, n'importe quel coin de brousse pépère, j'irai porter la parole de l'église catholique contre les imams, crois-moi, c'est pas gagné. » Il vide le fourneau de sa pipe en la frappant sur le talon de sa ranger, rêve un instant de villages peuls, revient à ses brebis, Max et sa petite Berbère, sort d'un tiroir du papier, un stylo, chausse ses lunettes, regarde Max par-dessus les verres. « Les jeunes filles berbères, avec leurs immenses yeux noirs, méfie-toi, fils, elle s'appelle comment ? Leila, on va faire Marie-Leila, c'est joli Marie-Leila, c'est œcuménique, elle a pas peur de l'apostasie ? Tu sais pas ce que c'est l'apostasie ? Tu te fais zigouiller si tu sors de l'islam. Marie-Leila, date de naissance ? Tu connais pas ? Aucune importance, j'improvise. » Il gribouille, tamponne à tour de bras. « Tu comprends, fils, les tampons ça impressionne, plus il y a de tampons, plus la chose est officielle et importante, les gars du bureau des transports sont tellement cons qu'ils prennent un certificat de baptême pour un passeport. Allez fils, bonne chance avec Marie-Leila. Non, non, tu ne me dois rien, mariez-vous et faites-nous plein d'enfants, des chrétiens de préférence. »

Muni de son précieux viatique – dans les romans, le viatique est toujours muni et précieux –, Max se rend à la compagnie maritime où se presse une foule dans une cohue indescriptible – dans les romans, la cohue est toujours indescriptible bien qu'elle soit immédiatement décrite. Des centaines de pauvres gens s'entassent dans la cour des Messageries, les femmes et les vieux gardent les enfants qui ont soif et qui hurlent, surveillent les bagages, pauvres valises mal cadenassées qui parfois s'éventrent et répandent leur contenu sur les pavés, les hommes tentent d'accéder aux bureaux pour se procurer les billets salvateurs, jouent des coudes, de la voix, ça crie, ça s'insulte, parfois un coup de poing part, ils sont hargneux, ils ont la terreur au cul, quelques harkis aussi, durement repoussés, les blancs d'abord on verra pour vous plus tard, et Max fait ce qu'il n'aurait jamais cru pouvoir faire, ce qu'il déteste, ce que son père et ses traditions ouvrières vomissent, il profite d'un avantage dû à son uniforme et à son grade, il écarte la foule et entre dans le bureau marqué « billetterie ».

Tout se déroule très vite, deux gardes mobiles font passer Max devant tout le monde, par ici, mon lieutenant, l'employé des Messageries derrière son guichet est obséquieux, un officier de l'armée française, vous pensez bien, mon lieutenant voici le billet de votre fiancée, pour le prix d'un passager-pont je vous ai fait un passager-cabine, seconde classe, mais c'est bien quand même, vous allez voir elle va être chouchoutée, félicitez de ma part mademoiselle Marie-Leila, je vous souhaite de belles noces, mon lieutenant. Max a honte, mais il trouve que c'est pratique l'uniforme en temps de guerre, dans quatre jours, le 14 juillet 1962, le SS *Pasteur* appareillera pour Marseille, à son bord 1 300 passagers pour 751 gilets de sauvetage, parmi eux Leila, la petite Berbère. Joie bonheur dans la jeep qui le ramène au lac des Oiseaux, il chante à tue-tête, « *la belle de Cadix a des yeux de velours, la belle de Cadix ne connaît pas l'amour* », la chanson préférée de Leila.

Alors que le cantonnement du lac des Oiseaux avait été confié à la garde d'une section de service sous le commandement d'un adjudant en fin de carrière, le sirocco, vent brûlant du désert s'était levé. Il soulevait des nuages de poussière, asséchait les gosiers, collait les langues aux palais, les soldats chargés de la surveillance et de l'entretien passaient le plus clair de leur temps au foyer à siroter des 33 Export, n'envoyaient plus les couleurs, ne surveillaient plus la route où plus personne ne passait, la demi-section de l'ALN avait disparu, envoyée sous des cieux plus cléments, ou plus agités, ou plus propices à jouir de l'indépendance. Tout était sale, délabré.

Le capitaine entra dans une colère homérique, envoya l'adjudant au trou pour huit jours, rassembla la compagnie, fit hisser le drapeau, balayer le cantonnement, décréta une revue de chambre pour le soir même. Ce n'est qu'à la nuit noire que Max put s'enfoncer dans ce qu'il restait du camp de regroupement. Il n'y avait d'autres bruits que le vent par rafales, dans le lointain les coups étouffés d'une porte ou d'un volet en métal qui battait, Max marchait le cœur serré, du sable orange tourbillonnait dans le faisceau de sa lampe, les hommes et les bêtes avaient disparu, tout ce qui pouvait l'être avait été démonté, les réseaux de barbelés avaient été cisaillés, ils serviraient d'enclos pour les moutons et les chèvres dans les mechtas rebâties, moins poétiques que les figuiers de Barbarie mais d'une technologie plus moderne, des morceaux de bâches de plastique claquaient, lugubres.

La porte en tôle ondulée de la petite maison de parpaings peinte à la chaux heurte le châssis au rythme du sirocco, les volets et la fenêtre ont été arrachés, il ne subsiste plus rien, la vaisselle, le réchaud, les lampes-tempête, le mobilier, les vêtements, tout a été emporté, volé, il ne reste qu'un matelas couvert de sang séché, des oreillers crevés dont les plumes volettent dans la lumière de la lampe, et des mèches de cheveux sombres éparpillées dans la chambre.

Max en ramasse une poignée. Il tombe à genoux et se met à hurler.

Monika
Saint-Étienne, septembre 2020

Monika profite de ce que Maxou est rentré hier matin à l'hôpital – le pôvre, on va lui changer son os de hanche contre de l'acier –, pour faire du rangement dans les vieux papiers. C'est là qu'elle le retrouve, son vieux journal intime abandonné depuis si longtemps. Elle s'assied, elle n'a pas réussi à remettre la main sur la petite clé en or (enfin, en laiton!), alors elle fracasse la serrure en or, oui, on s'en souvient, en laiton!

Elle ouvre à la date du samedi 9 février 1963.

Mon Dieu, comme elle était naïve et sotte!

Samedi 9 février 1963

C'est horrible. Cette après-midi en faisant des courses avec ma mère, place Jean-Jaurès, j'ai revu Max, lui m'a pas vue et d'ailleurs je voulais pas qu'il me voit. Il a beaucoup mûri, enfin j'ai l'impression, je crois que la guerre l'a endurci, endurci c'est peut-être pas le mot, disons qu'il fait homme maintenant. Il a dû vivre des horreurs en Algérie. Il est beau, ça m'a fait tellement mal, il est beau mais il a l'air triste, il était tout seul et semblait perdu, la guerre, on en revient pas pareil. Mon cœur s'est remis à saigner, c'est cucul d'écrire ça, mais c'est comme ça que je le ressens. Dès qu'on est rentrées à la maison, j'ai pas pu me retenir de pleurer.

Samedi 6 avril 1963

Cette fois, j'ai pas hésité. Il vendait des œufs de Pâques sur un stand devant le nouveau supermarché Casino. Il ne m'a pas aperçue tout de suite, il enveloppait un lapin dans du papier de soie, il a souri à la petite fille et il a levé les yeux sur moi. Et là, le choc, mon cœur éclate, boum ! on est restés muets une éternité, il y avait des gens qui attendaient avec leurs cloches en chocolat. J'ai fini par dire « Alors comme ça tu t'es reconverti dans le chocolat ? ». Il a ri, il avait beaucoup de travail, on s'est donné rendez-vous à la fin de sa journée, j'ai acheté du Rouge-baiser, celui qui ne déteint pas sur les lèvres de l'amoureux, je suis une optimiste !

On s'est installés au fond du café, je n'ai pas osé lui dire qu'il était encore plus beau, plus costaud, l'armée l'a musclé. On a parlé, parlé, parlé, mon cœur battait la chamade, il habite chez ses parents mais il cherche une chambre, il m'a demandé si j'avais des bons plans dans le centre de Saint-Étienne, il ne m'a pas dit un mot sur la guerre. Quand il est rentré d'Algérie en septembre dernier, il a été dans les Alpes du sud, au 10e BCA, où il a commencé par lutter contre des incendies de forêt avec les pompiers, ils dormaient dehors, éreintés de fatigue, la peau noire comme celle des mineurs de La Ricamarie, il y a eu un soldat gravement brûlé, ils n'arrivaient pas à éteindre les feux de forêt dans la montagne, trop difficile d'accès, par miracle un énorme orage a réglé le problème en une nuit. Ils ont failli mourir brûlés puis noyés. Après, ils sont allés ramasser les poubelles à Marseille pendant la grande grève des éboueurs et, enfin, ils ont damé les pistes de ski avant l'arrivée des vacanciers de Noël. Je l'écoutais bouche bée, mon héros, mon pompier, même avec ses poubelles je l'imaginais magnifique sous son gigantesque béret de chasseur alpin derrière le camion de la voirie de Marseille dans les fanes de poireaux, de carottes, les vieux os à moelle, les arêtes de poisson, j'avais envie qu'il m'embrasse, qu'il me serre dans ses bras, qu'on fasse l'amour dans les champs au milieu des fleurs de pissenlits, de boutons d'or. Il n'a pas parlé de sa sorcière berbère, je n'ai pas parlé de Roger. Il ne sait pas très bien ce qu'il veut faire de sa vie (moi j'ai ma petite idée !), son boulot chez Casino, c'est provisoire, il voudrait travailler à la campagne mais il sait à peine reconnaître une chèvre d'un mouton, il me fait rire. Pourtant il a dans les yeux une profonde tristesse, sa sorcière, sûrement... On s'est quittés sur le trottoir en se faisant la bise, dont une juste au coin de mes lèvres. J'en ai encore des frissons. Il n'a pas le téléphone chez ses parents, il m'appellera. Il m'appellera, j'en suis sûre.

Mardi 16 avril 1963

J'avais raison : il m'a appelée ! Il a fini son travail samedi. Et hier, pour le lundi de Pâques, il m'a proposé d'aller au cinéma. J'adore le cinéma mais c'était idiot d'aller s'enfermer dans le noir, il faisait si beau, j'aurais préféré aller dans les bois, les champs (les pissenlits se souviennent peut-être de nous !), j'avais mis ma robe verte à gros pois blancs, celle qui est décolletée, et du Rouge-baiser. Et je me suis jetée à l'eau. Pendant le film, un navet avec Brigitte Bardot qui se passe en Italie où je n'ai rien compris (pourtant j'adore Brigitte, mais là, franchement !), j'ai mis ma main sur la sienne comme par accident, après c'est allé très vite, on s'est embrassés avec furie (furieusement ?) et comme on s'ennuyait ferme devant ce navet-là, il m'a dit « si on sortait ? », et en moins de temps qu'il a fallu pour le dire, on s'est retrouvés dans… les pissenlits. On a fait l'amour dans l'herbe, même pas une couverture, après comme il faisait un peu frisquet, que ma robe était sens dessus-dessous, il m'a serrée dans ses bras, il m'a réchauffée, je lui ai dit que je l'aimais, que je l'avais toujours aimé, on a refait l'amour, on a murmuré. Je lui dirai rien pour Roger et mon avortement, je crois qu'il dira rien non plus de sa sorcière berbère. Il faut effacer tout ça de notre mémoire maintenant qu'on est réunis. Même quand nous serons mariés. J'ai eu raison d'y croire.

Lundi 9 septembre 1963

Et me voilà mariée, ça me paraît fou, je suis la femme de Max ! On dit que le mariage est le plus beau jour de la vie d'une femme.

Mais quand j'y réfléchis, je me suis mariée pour la même raison que toutes mes copines : j'attends un bébé. La seule différence, et elle est de taille, c'est que j'aime le futur papa, enceinte ou pas je l'aurais épousé. C'est vrai que c'était un beau mariage, pour la première fois de sa vie Max portait une cravate, il était un peu gêné, moi je l'ai trouvé très beau, élégant. J'espère que j'étais à la hauteur dans ma robe blanche, mes seins ont un peu grossi, mais j'ai à peine de ventre, j'en suis qu'à trois mois. J'aurais voulu que ma mamie adorée me voie, mais je sais qu'elle me regardait de là-haut. Il y avait beaucoup de monde dans l'église, Mario n'est pas venu, il a juré de ne jamais « foutre les pieds chez les curetons ». Après, pendant la soirée, il a pas mal bu, il était très ivre. Guy aussi. Je ne sais pas comment ils sont rentrés à La Ricamarie. Mon père qui avec l'âge devient de plus en plus acariâtre ne leur a pas adressé la parole, il n'aime pas les mineurs, il n'aime pas les communistes, il est chiant, et ma mère dit amen à tout. Je suis assez contente de quitter la maison, ils vont se retrouver seuls en face de la télévision qu'ils viennent d'acheter.

J'espère ne jamais leur ressembler. Mais on va être heureux, j'en suis sûre.

Jeudi 12 mars 1964

Je suis folle de mon bébé. Je pourrais le manger à force de le bécoter. Il pèse trois kilos cinq cent cinquante grammes, il mesure cinquante-trois centimètres, il s'appelle Emmanuel, c'est un garçon, c'est un petit goinfre, il faut dire que j'ai de quoi le nourrir, Max est fier, il sera…

Monika arrête la lecture de son journal intime. La suite de l'histoire, elle la connaît, les trois enfants, quelques bêtises mais finalement ils s'en sortent plutôt bien, quatre petits-enfants. Son couple a bringuebalé, tangué et puis il a résisté, ça fait presque soixante ans qu'elle vit avec Max. Le monde a drôlement changé, les filles d'aujourd'hui ignorent leur chance, elles sont libres, indépendantes, elles choisissent… Y a que ça qui compte à la fin.

Ah Dieu ! Que la guerre est jolie
Ali
Café-restaurant Chez Jef,
Saint-Étienne, septembre 2020

Moi, aujourd'hui, je suis un chibani, tu sais pas ce que c'est un chibani, Jef? En arabe, c'est un homme à cheveux blancs, un vieux, respecté, pas forcément très écouté, mais vieux. D'ailleurs c'est pas vrai, parce que tout bien pesé je suis même pas arabe, j'ai un nom arabe mais j'ai un passeport français, je suis quasi un Français de souche comme on dit, le peu d'arabe que je baragouinais pendant la guerre, y a belle lurette que je l'ai oublié, je suis un athée militant, je fume, je bois du pinard – et du bon, t'as gagné ta place au paradis des bistrotiers, Jef –, je bouffe du cochon, j'adore ça. Tiens, tant que j'y pense, il faut que j'te le dise, on en a parlé à l'hosto avec Max, oui oui il va très bien, il est tout fiérot de sa nouvelle hanche en acier, on le fait déjà marcher, Monika lui apporte des petits plats vu que la cantine de l'hôpital, c'est pas Byzance, elle lui a caché une bouteille de gigondas dans sa table de nuit, si c'est pas de l'amour ça, donc à propos de cochon je te disais, avec Max on s'est dit que pour la palette au chou tu devrais faire rissoler la viande bien dessalée dans du saindoux, ça fixe les sucs, ça les sublime, c'est seulement après que tu la mets dans la cocotte avec le chou, les carottes, les haricots lingots, le lard et le fond de veau, d'abord bien faire dorer, impératif, Jef.

Donne-moi un petit armagnac.

Toi qu'as jamais fait la guerre, Jef, tu sais comment on meurt dans un tank ?

La charge creuse anti char, ça s'appelle. Imagine une roquette bourrée à craquer d'explosif. La partie avant est faite d'une espèce d'entonnoir en carbure de tungstène qui va devenir mortel. On la met dans un bazooka ou sur l'extrémité du canon d'un fusil lance-grenade, puis on charge le fusil avec une cartouche sans balle, juste de la poudre, on vise, on tire. La roquette vient s'exploser contre la paroi du char, libère une force qui concentre toute sa puissance sur la petite surface de l'entonnoir, le transformant en dard, c'est comme ça que l'appellent les militaires, un dard, dont la température s'élève à plus de mille degrés, capable de transpercer plusieurs dizaines de centimètres de blindage. Une fois entré dans l'habitacle, le dard ricoche sur les parois, la température grimpe, cent degrés, deux cents degrés, quatre cents degrés, six cents degrés, sous l'effet de la chaleur le sang des soldats se change en boudin, le dard éclate les os, le dard fracasse les crânes, le dard crève les cœurs, et puis il achève sa course sur le plancher d'acier comme un vieux clou rouillé, dans un gling gling, misérable chant de victoire, jour de gloire d'un assassin. Dans le tank tout est mort, brûlé, carbonisé. On ouvre le char comme une boîte de sardines, mais à la place des sardines, c'est des cadavres de soldats.

Le dard, Jef, tout un symbole.

On a fait d'énormes progrès au cours de l'histoire des guerres pour la gestion des cadavres, Jef. Prends une bataille au hasard, tiens, Marignan, on ne sait même pas qui se battait contre qui, probablement des mercenaires suisses contre d'autres mercenaires suisses, parce que, en ce temps-là, la Suisse c'était un pays de montagnards en guenilles, y avait pas encore les banques, ni le chocolat, ni les tennismen, y avait des marmottes et Guillaume Tell, pas trop maladroit à l'arbalète, mais enfin les Suisses, comme y avait rien à becqueter, se vendaient aux armées de l'Europe, bref! Marignan donc, 1 515. La bataille a duré dix heures, elle a fait dix mille morts, la poudre à canon, qui venait d'arriver de Chine, avait bien amélioré les carnages, mille morts à l'heure sans compter les blessés qu'on ne se donnait pas la peine de ramasser, les survivants récupéraient leurs armes et leurs bottes avant d'aller ripailler, se soûler dans les tavernes, sauter les ribaudes et violer les honnêtes filles, le sang excite la libido. Les paysans du coin achevaient les mourants hurlant de douleur en leur éclatant le crâne d'un bout de rocher afin de grappiller ce qu'il restait, un bliaut sanguinolant, un olifant, un bout d'armure déglinguée, ça peut toujours servir, à la campagne on jette rien. C'était l'été, en Italie, il faisait une chaleur à crever, imagine la puanteur pendant des semaines, les mouches, les rats, les corbeaux, les rivières polluées, l'air irrespirable, une belle bataille, en France on en est très fiers.

Tu me remets ça, Jef. Un armagnac.

Prends maintenant la Grande Guerre. Un soldat meurt au front, un gendarme frappe à la porte de sa mère, de sa femme, de sa fiancée, votre mari, votre fils, votre promis, est mort à la guerre, il a péri dans la boue d'un trou d'obus, on est désolés on n'a pas réussi à mettre la main dessus, il a été bouffé par les rats, voici une médaille que vous pourrez accrocher à sa photo sur le guéridon du salon, soyez fière de lui, un héros mort au champ d'honneur, pour la France, y a pas de plus belle mort, félicitations aux heureux parents, à ses enfants, à sa copine.

Pendant la guerre d'Algérie, en général on retrouvait les corps, parfois en très mauvais état mais grosso modo entiers, l'armée les couchait dans une bière en sapin, clouait le couvercle, vissait les poignées en bois, fallait veiller à pas trop dépenser, une médaille sur un petit coussin, le tout livré franco de port à la famille, déposé devant la porte comme la livraison d'un sac de charbon. Même pas morts pour la patrie, en Algérie l'armée ne défendait pas la patrie, elle empêchait les Algériens d'en avoir une. Y en a eu vingt-quatre mille comme ça, des mômes de vingt ans, tu te rends compte, Jef. Les fellaghas, c'était pire, y avait même pas de cercueil, quand ils étaient pas balancés dans la mer, ils arrivaient dans leur famille sur une charrette tirée par un âne, parfois sur une brouette. Ils ont gagné la guerre, mais franchement ils en ont bavé. Et tout ça pour quoi ? Un Algérien de vingt ans aujourd'hui qui fait la révolution, il sait bien qu'il va se faire avoir, les vieux corrompus du FLN qui n'ont même pas fait la guerre sont malins, ils construisent des mosquées, ils distribuent les miettes de la manne du pétrole et du gaz, les miettes parce que l'essentiel a été mis en sûreté dans un paradis fiscal. Pourtant ils sont courageux ces jeunes. Tu te rappelles ces manifestations de femmes à Alger pendant la terreur islamiste, têtes nues et têtes hautes, bravant les insultes des hommes ? Un courage à faire pleurer, elles risquaient leur vie, elles étaient magnifiques ces femmes. Ce qu'ils demandent aujourd'hui, les jeunes, c'est bosser et faire l'amour, pas compliqué. Sauf que du travail y en a pas et faire l'amour c'est interdit hors du mariage, c'est la religion qui veut ça, ou les traditions, des conneries. Leur seule idée c'est de foutre le camp, en Europe, en Amérique, trouver des blondes et du taf. Seulement voilà, l'Europe et l'Amérique elles n'en veulent pas de ces hommes-là. Alors ils tiennent le mur et se désespèrent.

Tu sais tenir ta langue, Jef? Je vais te raconter la fin de l'histoire.

Quand Leila a disparu, Max a cru devenir fou, il a demandé une permission pour courir l'Algérie à sa recherche, mais en ces jours d'indépendance, le pays était un bourbier, on savait pas qui commandait qui, ni quoi, ni comment. À Bône, l'ALN commençait à régler ses comptes, il y avait des barrages partout, les soldats français n'étaient plus les maîtres, on lui a refusé sa permission et, quelques jours plus tard, la 2e compagnie du 11e BCA a été embarquée sur le SS *Pasteur* et rapatriée en France, réintégrée au 10e BCA dans les Alpes du sud. Rendu à la vie civile, à Noël 1962, il a essayé de repartir en Algérie mais il avait pas un centime, et surtout aucune idée de l'endroit où pouvait être Leila. Il s'est marié, il a fait des enfants, il l'a jamais oubliée.

Moi, je l'ai retrouvée.

C'était en 1965 ou 1966, j'étais encore dans l'armée algérienne et on devait escorter un gradé de l'ALN, un commandant de soixante ans, voire un peu plus, un peu déplumé, bedonnant, sympa comme tout, rigolard, jusqu'à son cantonnement en Kabylie. Y avait des troubles dans le coin, il lui fallait une protection, on a embarqué dans une jeep et un camion, on a franchi des montagnes, des défilés, des paysages magnifiques. On est arrivés en fin de journée, la nuit commençait à tomber, c'était plus prudent de bivouaquer sur place, la route de retour vers Alger n'était pas très sûre, les Kabyles sont de redoutables combattants. Le commandant a fait égorger et rôtir un chevreau, préparer la graine et les légumes, il faisait doux pour un mois de juin, presque frais, on était en altitude, sous les étoiles, on s'en est mis plein la panse, avec un bon rouge de Mostaganem, le commandant était drôle, il nous contait ses exploits pendant la guerre, très enjolivés pour dire la vérité, jusqu'au moment où une femme qui nous apportait le thé et les pâtisseries au miel a trébuché dans l'obscurité, renversant le plateau de cuivre sur les bottes du commandant qui est devenu fou de colère, a insulté, giflé, frappé la malheureuse à coups de pied. Son supplice achevé, sans un cri, sans une plainte, elle a disparu dans la maison, dans la nuit. Nous étions pétrifiés, comment un homme si affable, si accueillant, pouvait-il se comporter avec tant de violence envers une femme qui avait simplement renversé un peu de thé sur ses bottes, quelques gâteaux dans la poussière ? Après ça, on a rapidement gagné la paille d'un enclos pour aller nous coucher, dans un silence troublé par le braiment d'un âne, le hululement d'un hibou, le jappement d'un chacal. Je ne trouvais pas le sommeil, écœuré par la brutalité de cet homme, j'ai pris ma lampe-torche, je me suis levé, j'ai allumé une cigarette. À travers une lucarne munie de barreaux me parvenaient les pleurs d'un enfant, une femme chantait pour le consoler, pour l'endormir, elle chantait à voix très basse, elle chantait en français, elle chantait « *la belle de Cadix a des yeux de velours, la belle de Cadix ne connaît pas l'amour…* ».

Leila, c'était la femme de la vie de Max. Bien sûr y a Monika, bien sûr ils ont partagé des beaux moments, chaotiques parfois, il n'a pas été très fidèle, entre les petites serveuses de restaurants, de bars, les petites employées d'hôtel quand il vendait ses rasoirs électriques dans le Poitou-Charentes, les petites ouvreuses quand il a lancé son cinéma d'art et d'essai, d'autres encore. Avec Monika, ils se sont séparés puis toujours retrouvés, Monika c'est une fille bien, elle aime son mari, mais dans la tête de Max, Leila est toujours là, petite sorcière berbère, nichée dans son cœur depuis soixante ans. Tu te rends compte, Jef, soixante ans…

Bon, j'en reviens à cette nuit kabyle.

Guidé par les pleurs et le chant, j'entre dans la maison, c'est une grande bâtisse délabrée, une ancienne ferme de colons construite autour d'une cour, y a une dizaine de pièces, je me laisse guider par la berceuse, par la belle de Cadix, je pousse une porte, c'est une chambre minuscule blanchie à la chaux, et elle est là, assise sur un matelas à même le sol, éclairée par une lampe à pétrole, un enfant de deux ou trois ans dans les bras, qu'elle berce dans un murmure, c'est la femme que le commandant a frappée, c'est Leila. Elle me fait signe de ne pas faire de bruit, de m'asseoir, elle m'a reconnu, petit à petit l'enfant cesse ses pleurs, s'endort, elle le couche.

Sur le camping-gaz, elle a préparé le thé à la menthe, très fort, très sucré, elle a à peine vingt ans, l'enfant c'est sa fille, elle s'appelle Zohra.

Ce qu'elle va me raconter, elle m'a fait jurer de ne jamais rien en dire à Max, j'ai tenu ma promesse, j'ai rien dit. À toi, Jef, tu nous connais depuis si longtemps, il faut que tu saches, puis t'enfouiras cette histoire dans ta mémoire, je veux plus garder ça pour moi, je veux que quelqu'un connaisse le destin de Leila, jeune fille aux grands yeux noirs qui ne craignait ni hommes ni bêtes, qui n'a eu qu'un seul amour, notre ami Max. Tu diras rien, Jef, jure-le. Bien sûr, j'ai confiance.

Je te conte l'histoire de Leila telle qu'elle me l'a confiée, il y a plus d'un demi-siècle, par une nuit noire en Kabylie.

« Les soldats sont arrivés au milieu de la nuit, je dormais, j'attendais le retour de Max avec le billet de bateau pour la France, j'étais sûre qu'il avait réussi, Max était très intelligent, très rusé. Dans mes rêves, je nous voyais en France, dans une mechta avec un jardin plein de tomates, de coriandre, de poules et aussi un mouton, j'avais seize ans, j'étais naïve, pour moi Saint-Étienne c'était le paradis. Ils ont défoncé la porte qui n'était même pas fermée à clé, ils étaient trois, en uniforme de l'ALN, ils m'ont tirée du lit, m'ont dit que j'étais la putain du Français, que je devais être punie, j'ai cherché quelque chose pour me défendre, je n'avais pas peur, j'ai trouvé une fourchette, je l'ai cachée dans mon dos. Ils ont arraché ma chemise de nuit, j'ai planté la fourchette dans la cuisse du plus gros, il a hurlé, il m'a frappée d'un coup de poing sur l'oreille, j'ai crié, appelé au secours, mais je savais bien que ça ne servait à rien, le camp était vide et même s'il y avait quelqu'un, personne ne serait venu, les gens avaient trop peur des soldats. Ils m'ont jetée par terre, j'ai mordu, griffé, je ne voyais rien, j'avais mal, pendant que deux d'entre eux me maintenaient, le gros a ouvert son pantalon, il s'est couché sur moi, il m'a pénétrée avec violence en me traitant de putain, de collabo, je me suis mise à saigner, le gros rugissait sur moi comme un taureau, j'avais terriblement mal mais je ne criais plus, je ne pleurais pas, je n'implorais pas, je ne voulais pas leur donner ce plaisir. Après, ça a été au tour des deux autres, j'avais cessé de me débattre, je me laissais faire, je ne pensais qu'à Max, à notre avenir loin d'ici. Le dernier, dégoûté par le sang, m'a prise par derrière, la douleur m'a transpercée, j'ai cru mourir. Quand ils ont eu fini, le gros a pris des ciseaux, ils m'ont enfoncé la tête dans le matelas et m'ont coupé les cheveux, la lame m'a écorché le cuir chevelu, le sang giclait, eux rigolaient et m'insultaient, ils disaient que c'était mes amis français qui leur avaient appris à tondre les salopes qui avaient couché avec les ennemis. Le gros a ensuite fait sa prière, les autres le regardaient, je me suis jetée sur lui, il priait après m'avoir violée, je voulais le tuer, il m'a envoyé son poing dans l'œil, je me suis évanouie.

Je me suis réveillée sur la tôle froide à l'arrière d'un camion, sous une couverture, il y avait des soldats, quelques-uns étaient gênés, ils détournaient la tête, mon œil me faisait mal, je grelottais sous la chaleur de juillet. On a roulé longtemps. On m'a enfermée dans une prison où un infirmier m'a mis un pansement sur l'œil, m'a donné à manger et à boire. Je suis restée là plusieurs jours, sans savoir où j'étais. Après on m'a emmenée dans une camionnette jusqu'ici, dans la montagne. Au début le commandant était gentil, il m'a soignée, lavée, donné des vêtements, il m'a dit que j'étais sa femme, qu'il était un homme bon parce que je n'étais plus vierge et que j'avais couché avec des Français mais qu'il passait l'éponge. Il me prenait quand il en avait envie, je serrais les dents, je pensais à Max, il allait venir me délivrer, je ne voyais toujours pas de l'œil droit, je ne manifestais ni plaisir ni souffrance, il s'est lassé. Depuis, je suis devenue sa servante, je fais la cuisine, le ménage, je m'occupe des poules et des chèvres. J'ai accouché ici, dans cette chambre, une femme m'a aidée, elle ne m'aimait pas, j'étais une putain, j'ai appelé ma petite fille Zohra en souvenir de mon amie, je ne sais pas qui est le père, peut-être un des violeurs, peut-être le commandant, je ne sais même pas si j'aime mon enfant comme une mère doit l'aimer, parfois j'ai envie de l'étouffer et de me tuer ensuite, mais je n'ai que vingt ans, alors peut-être qu'un jour, je ne sais pas, un jour… Mais Ali, jure-moi que tu ne diras rien à Max, jure-le moi, Ali, jure-le. »

J'ai juré.

Donne-moi un double armagnac, Jef.

« Je vais aussi prendre un double armagnac », dit Jef.

Conception graphique
Anne-Marie Bourgeois/m87design

*

Achevé d'imprimer
par l'imprimerie Normandie Roto Impression s.a.s.
à Lonrai,
en août 2020.

•

Dépôt légal
août 2020.
Numéro d'imprimeur
2002833

Édition 1 - Août 2020